山那边是海

时潇含 著

中国大百科全书出版社　知识出版社

目————录

【第三辑】

潜水

目———录

不
要
追
求
永
恒
……

第一辑

01

桂花落了

没抓住桂花的尾巴

现在说桂花实在是太晚了一点，毕竟银杏树上的白果已经被提着塑料袋的大爷大妈搜剿一空，红叶的亮色已经暗沉，黄叶也落了满地，在这一片秋季尾声垂死挣扎的五颜六色中，桂花树早就沉寂了。

南方的桂花来得早，九月底就开得热闹，那个时候我在岳阳，在外公外婆家。

回家前一天，我给外公打电话，他吞吞吐吐地说第二天早上有点事，很重要的事，让我下午再去他家。再追问细节，他顾左右而言他，说了一通路上注意安全之类的话，"啪"的一声挂了电话。

我外公是一个孤僻执拗的老头，信保健品推销员比

信自己家人多，家里所谓的纪念章、纪念邮票堆成山，却要在洗澡之后把洗澡水收集起来冲厕所，客厅的灯也总是开得昏黄阴暗。

我去的时候舅舅买了几只螃蟹，竟然把外公的假牙崩掉了几颗，他也不和我们说，满不在乎地靠在沙发上抽烟，几颗假牙东倒西歪地躲在烟灰缸里，满身沾着烟灰，很潦倒的样子。

我问他牙怎么了，他假装认真看电视，眼神往旁边一瞟，吧嗒嗑一口烟。

第二天我先在表哥家消磨了一个上午，推着箱子去了外公家，一进门就听到他后悔不迭地说，没想到现在的保健品公司这么小气，去听个讲座连鸡蛋都不发，白白浪费他的时间。

原来"很重要的事情"是去领鸡蛋呀。

自从被舅舅发现他掏空家底去买保健品和"收藏品"而暴跳如雷之后，外公就开始背着我们"活动"了。

前年我回来的时候，他把我叫进房间，从床底下拉出几个积满灰的大箱子，让我偷偷看看他的宝贝，并反复叮嘱我，舅舅他们都不懂，他只给我瞄一眼，毕竟是学历史的，肯定能理解他。还掏出了一张皱巴巴的纸，上面写了一个北京的地址。他让我要是不信的话去北京看一眼，"那可是个大公司"。

作为高级客户，他还经常和外婆被那些"大公司"拉去免费旅游，倒是打发了不少时间。

我从来不劝他，反正知道也劝不住，所以外公对我还有几分喜爱。总是忙前跑后，四处劳心的舅舅反倒总是被他冷眼相待，舅舅看着家里成堆的箱子气得跳脚也没有办法。

那么这和桂花有什么关系呢？这就要说到我外婆了。

外婆迷迷糊糊很多年了，不知道从哪年开始她就不记得我是谁了，这次我回去，她客气地笑了一下，叫了一声我妈的小名，说："你现在长得好大啦。"直到我走的那一天，外婆也没记住我到底是我，还是我表姐琪琪。

每天早上我起床的时候，就能看见外公坐在沙发上沉默地抽烟，外婆穿戴整齐坐在外公边上盯着昏暗的客厅，不知道在看什么，锅和灶都是冷的，我只能自己出去买饭吃。

即便如此，外婆和外公骂战的时候依旧牙尖嘴利，一点亏都不会吃。

我到的第一天，外公在厨房洗个菜的工夫，外婆就跑丢了。

外婆经常趁人不注意自己一个人跑出去，说是要回家，出去之后就漫无目的地乱走，最后谁也找不到，被好心人看到了，她也说不出自己是谁。

后来实在没办法，给她戴了个定位手表，还戴了写了名字和信息的手链，可就是这样也还是会跑丢，毕竟外公年纪也大了。

因为我回来导致的手忙脚乱，家里的大门忘了锁，外公骂骂咧咧地叫我表哥看着手表的地图，指挥我们出门找人。

5

外公一路上健步如飞，手背在背后，肩膀塌下来，脚步沉沉，带着怒气。走到一半，他叫我等一下，要回去一趟，说着捡起路边一个空箱子，东张西望了一番，确认周围没有漏网之鱼之后，快步走回了他的小仓库，把箱子收好之后再回来。

我在后面跟着走，看着他那顶不离身的瓜皮小帽往前匆匆赶路，时不时地因为要回头向我低低咒骂走丢的外婆两句而停顿几秒，他的小声咒骂里还掺杂着一丝紧张的音调。

外公是一个很暴躁的人，还很有几分虚荣，有一天晚上出去吃饭，因为舅舅没有开车来接，让我们自己打车而嘀嘀咕咕气了很久，等了一会儿没打到车，外公把袋子往地上一扔，嘴里嘟囔："有车还不来接老子，要走到什么时候去。"

小区的路旁栽满了桂花树，正是开得很绚烂的时候，香味一股一股地缠着人，一棵接着一棵，一簇追着一簇，你追我赶地香着匆匆路过的我们，古人把桂花的香气称为寒香，我看也并不寒，这大块大块的花团香得热闹。

外公无暇顾及这些微不足道的花香，或是它们在树丛间小小的黄色身影，对于他来说，和外婆之间也没某个耶娃所说的"共享无尽的黄昏和绵绵无尽的钟声"，而是一种在鸡飞狗跳的夹缝中存在的感情。

走出小区没多远，我们就看到了外婆。有相熟的邻居把外婆带了回来，外婆的手在身前握着，不停地扭动，她有些扭捏又有些胆怯地看了我们一眼，随后在回家的路上又和外公展开一番唇枪舌剑。

外公说："马上就要天黑了，你不回家去还要去哪里？"

外婆小声说："我不愿意跟你回去，你以为你好俏啊。"

又把我拉到一边说："这个老东西好坏。"边说边摇头。

回去的路上外公远远地走在前面，我和外婆落在后面，她的步子小小的，写满了迟疑。路过那一排桂花树的时候，我问外婆有没有闻到花香味，她茫然地张望了一下，自顾自地说："琪琪回去要多穿件衣服。"

外公在前面不耐烦地说："她不是琪琪。"

九月十月之交，岳阳的雨下得延绵不绝，那天晚上也下了一夜的雨，第二天起床了之后，趁着没有下雨，我一个人下楼转转，看到满树的桂花基本上都被雨打落了。雨后的桂花香多了些清雅，刚开的桂花颜色也是淡淡的，怯怯的。

桂花开得热烈，凋谢得也快，一阵风、一场雨，一夜过去树冠上的明珠就剩些老弱病残。

云哥在几天之后对我说他读过一个俳句"清雅即是寒"，我想那打落一地的桂花就是冬季入侵的寒。

从岳阳走的前一天夜里，外婆不肯睡觉，在客厅里躺着听电视，好不容易被外公气冲冲领进房间里，不一会儿又走出来，手足无措站在漆黑的客厅里，不知道在张望什么，见到我就说窗外有声音，房间里有鬼。

反反复复直到深夜。

我回房间还未睡深，突然被惊醒，只看到黑漆漆一片，闭上眼睛半睡半醒之际，又听到一阵声响，我被吓得一晚上没睡着，直到第二天外公坦然地告诉我，房间里有一只他们抓不住的大老鼠。

他说："反正年纪大了，一只老鼠也不算大事，就不管了吧。"

我发现用"反正年纪大了"开头的话都是无解的。

"为什么不去养老院呢？"

"反正年纪大了，家里都习惯了，吵吵闹闹也习惯了。"

"为什么不去买几件新衣服呢？"

"反正年纪大了，穿给谁看呢？"

"为什么寄回来的东西放到烂掉也不吃不用呢？"

"反正年纪大了，手机学不会，除了吃惯的菜别的也不会做。"

这是一种让人难过的逻辑，但是各人过各人的生活。一只老鼠可以被赶走，但是它们还是会源源不断地进来，或者说，那些让人在夜里煎来煎去的东西并不只是那只老鼠。

走的时候外公外婆执意送我下楼，外婆难得清醒地说："你在外面要穿暖一点，有空就回来看看。"

现在桂花早就落完了，冬天追着秋天就要到了，白天越来越短，他们的一天却应该很长很长。去领鸡蛋确实应该是一件了不起的大事，家里那么多的空房间确实需要很多空纸箱或是等待升值的"收藏品"才能填满。

桂花落了

一年前的上集饭

上集饭是个音译，在定山话里是这么发音的，但是具体怎么写，问了好多人也没结果，也有可能写成上祭饭。

总之，意思就是安葬前一天晚上的晚饭，会邀请全村人来吃饭，为的就是热闹。

一年前我爷爷去世，我很短暂地回了一下老家，匆匆吃完一顿上集饭就回学校考试了，我和爷爷相处并不多，但是一直觉得很难动笔。

一年的时间过去，还是想写写老家的一些风俗，毕竟爷爷去世之后，除了清明节大家很少有理由再回到定山，越来越多的传统和风俗都会被慢慢淡忘。

上集饭要早早开始准备，先是去找厨师。村里的厨师一般都是兼职，有需要的时候才穿上厨师服，平时忙自己的主业，比起城市里的职业厨师，更有一点到各家各户帮忙的意思，有农村的温情在。

这种流浪的大厨没有自己的饭店，只有一套做饭的工具，帮手一般也是村里的阿姨，地里的事做完了，就各处去打个短工。

村里的厨师是一个小学老师，在很久之前还做过我爸的学生。

然后估计大概的桌数报给厨师，接下来只要交给大厨准备就好了。

一般家里只有一个柴火灶，灶上有两口大铁锅，最多再有一个小燃气灶台，这显然是不够的，所以连移动灶台都是厨师准备，吃饭的碗碟也由厨师带来。

那天从早上开始，就有很多人来祭拜，要磕头、上香，烧一种很粗糙的黄纸。

家里人一般无暇顾及别的琐事，大都在大厅里守着，只要有人来拜年，就要"回拜"，没人的时候就在凳子上坐着；出殡前一天又是人最多的时候，基本上一跪就是一天，所以别的事情全靠村里人帮忙。

中午饭由老屋的人来帮忙，有的人甚至带着肉和菜一起来。午饭算是"自己人"的饭，相比晚上招待客人的饭显得草率一些，谁家钓了鱼就拿来红烧，杀了猪就做红烧肉，挖了藕就吃个炒藕片，大家不太关心吃了些什么，但也总还是做得有声有色。

我们小一辈的没有那么多讲究，也不用一直跪在大

厅里，我记忆最深刻的是"叫茶"。

老人去世的头三天要有人拿着老人用过的茶杯，装一杯茶水，领着全部家里人往一条偏僻但是老人很熟悉的路走，到路边放鞭炮，鞭炮响起的时候大家跪下磕头，说："要回家喝茶，不要到外面喝迷魂汤。"等鞭炮放完，大家顺着来时的路走回去，一路上一直重复这句话。

爷爷的妹妹会和我们一起，她边说边唱，唱了什么我不记得了，调子很凄凉宛转，每句的末尾都拖着长长的哭腔。

出殡的前一天晚上，也就是吃上集饭的那天晚上，会请专门的人来"请水"，和厨师一样，每几个村子都会有一个专门料理这些事的老人家。

之所以称之为"请水"，是因为要去水边，请一碗水，拿回去给去世的人擦身子。下午的时候，厨师就带着帮忙的人来家里了，开始洗洗涮涮。

硕大的铁锅有三四口，半扇半扇的猪在盆子里泡着，辣椒堆得小山一样高。

老家请人吃饭很讲排场，和城市里日复一日忧虑营养过剩的想法截然相反，菜一定要硬，煎和炸要做得乱花渐欲迷人眼，青菜要少，最好少到没有，毕竟大家自己后院菜园子里就有取之不尽的青菜，吃腻了。

肚子里还有蛋的老母鸡拿去炖蘑菇，牛蛙炸得焦脆，猪肉切碎了做珍珠丸子。

这个丸子不知道为什么，简直成了我记忆里属于老家的菜。

我记得从小姑姑就给我做这个珍珠丸子，我原以为是她自己的偏爱，没想到多年不见的珍珠丸子又出现在了老家的饭桌上。

肉馅用虎口挤成一个一个的丸子，先放在塑料桌布上，这些水红色的劣质塑料桌布，总是给人一种到家了的安心感。

丸子都搓好了，就在糯米里打个滚，攒成一盘放进蒸笼里。

有的不沾糯米，一个跟头滚进汤锅里，做一碗肉丸汤。

还有一口专门油炸的锅，黄澄澄的一锅油。

一个接一个头盔一样大的锅巴进去洗澡，一条接一条的鱼下去潜泳，最后轮到一大盆花生米前仆后继地跌进油锅里，油变成棕色的洗澡水。

洗完澡的鱼被装点上红红绿绿的衣裳，皮蛋被切开摆成一朵盛开的花的形状，还有很多各式各样的菜，在能力与品味所及的范围内都被装点得很仔细。

定山话里有一句："红配绿，看不足。"用方言说出来还挺押韵。

连老家的饭菜都在身体力行地践行红配绿的色彩搭配，一盆盆一碗碗摆上桌，看得人眼花缭乱。

热闹。

　　那天下午饭还没上桌，我提前吃了一碗饭就坐车去了九江。

　　听爸爸说，第二天出殡之前要煮一大锅豆腐，吃了这锅豆腐，离开的人就会永远保佑家里人。

　　之前土葬的时候，下葬完大家还要回家吃面条和糯米丸子，抬棺材的八个人会被称为八仙，但是现在都改火化了，这些传统也没有了。

　　在农村的传统里，白事要做得喜，越热闹越好。

　　一群人聚在一起，总是和吃分不开关系，没有什么特殊的食物，就用煎炒烹炸各种手法让饭桌上沸腾起来，毕竟白事也是让很多许久未见的人重新见面，找回亲切感觉的一个机会。

　　在老家的那几天，灵堂上见到的没有那么多的哭天抢地，只有各式各样的人坐在一起聊天的嗡嗡轰鸣。

　　离开家乡多年的父辈们，突然又见到了很少联系的老友、亲戚，很多我只在爸爸和姑姑聊天里听到的人也从各个地方赶了过来。

　　离别，总是能让留下来的人们更加亲密，就像食物让大家短暂地抛开悲伤，扯着嗓子张罗起来，热热闹闹地聚在一起一样。

去牛羊巴扎看热闹

　　还没有走到牛羊巴扎的门口，我已经看到了漫天的黄沙，听到了牛羊此起彼伏的抱怨与低沉轰鸣的人声。

　　巴扎的意思就是市场。

　　每周日，喀什的市郊都会有类似内地赶集的活动，周围的牧民们开着卡车，把他们的牛羊马运来，任餐馆或是肉铺的老板们挑选。

　　我们这种城市里生长的人四体不勤，五谷不分，分不出山羊和绵羊，更看不出各种牛的区别，只能来凑凑热闹。

　　一走进大门，首先看见的是各色各样的遮阳棚，牧民们领着他们的羊群站在遮阳棚下面。

羊群被铁丝网围住，买主们进到里面去，亲手抓住被选中的倒霉蛋，然后抓着犄角把它拎出来。

有的羊很倔强，总想要负隅顽抗。不过结果也不会改变，买主多叫来一个帮手，一人抓一个犄角，让羊那两条坚毅的后腿拖行在地上，留下一路的烟尘。

这边卖羊都是按重量计价，巴扎的中间放了两个大铁笼子，类似于公平秤。

这里没有肥羊，太大、太沉的羊都是外地来的，本地羊吃盐碱地上的青草根，艰难地生存着。

别看长得瘦小些，味道却好了很多。

一个一丝不苟的维族小伙子端坐在一把红色的遮阳伞下，等着牧民交钱之后把羊连拉带拽，连哄带骗拖进笼子里。

然后一脸严肃地向伸着脖子，紧盯着屏幕的买卖双方报出一个数字，虽然他们自己早就瞄到了，但是好像从这个执掌大权的小伙子口中吐出的数字才是一锤定音一样，他们听了之后高兴得又是握手，又是互相拍拍后背。

笼子里的那头羊倒是双眼迷茫，愣愣地盯着空中。

温顺的羊，只要在它们的脖子上栓一根细细的红塑料线，它们就会心甘情愿地跟着人到处走动，甚至当它的新主人停下脚步和老熟人谈天说地的时候，它也耐心地站在他们之间薄薄的空隙里，安静地等待。

生命漫长也短暂。

有的羊脾气暴烈，趁着打开笼子的机会想要逃跑，一个年轻小伙子都抓不住，只能两手抓住它的角，骑跨在它身上，用体重压制住它的躁动。

这里的人们闲散惯了，生活又很简单，状态总是很松弛的。

那些等着卖主的牧民们坐在似火的骄阳下，一点也不着急，不是点起一根卷烟，慢慢嘬到烟屁股烫手，就是从边上买了一杯稀薄如水的酸奶刨冰，和朋友们边聊天边啜饮。

酸奶刨冰是大人小孩都喜欢的饮料，小贩们开着小电车，驮着一块巨大的冰和一桶半固体状的酸奶，还有蜂蜜，再配上一把刮刀。

顾客上门之后，小贩就用刮刀从那块巨大的蓝色冰块上铲下冰碴子，再倒些酸奶和蜂蜜，混合一下就好了。

古城里的刨冰五块钱一杯，还带场表演。小贩把各种配料放到一起之后，把刨冰甩得高过头顶，又一滴不漏地接回碗里，反复几次，这才算是搅拌充分。

巴扎里一块钱的刨冰就别指望这待遇了，酸奶是次要的，最重要的是解渴祛暑。

喀什的热和南方的热不一样，这里没有想揩也揩不干净的黏腻，太阳照在身上，让人感觉头皮发烫，身上却很干爽。

听说早年间，这些冰块都是冬天河底的冰，每年把河上的水排空之后，各家把这些大冰块拉回家在地窖里藏着，后来条件好了才有了冰箱。

桂花落了

有一个小孩子多手多脚，过度活跃，把自家三轮小电车的开关打开了，小车一个加速飞奔了出去，妈妈伸手去抓车把，结果这种车的油门都在把手上，手上的劲儿往后一带，小车一个趔趄，差点风驰电掣一样狂奔出去，车上的酸奶几乎溅落一地。

孩子的爸爸作势就要削他一顿，那个孩子没等爸爸的手下去，抢先把脸皱在了一起，号得比边上的小羊还声嘶力竭。

路上一片混乱。

土到极致就是潮，相比起看风景，我更喜欢在这种嘈杂的地方，让一场接着一场的小闹剧牵动着我的神经。

那孩子正号着号着，声音小了下去。原来他被一场角力吸引住了。

一个阔气的老板买了两头牛，别看数量不多，一头胖羊才一千多，但是一头牛怎么说也要一万起步。

两头壮年牛，那可是大买卖啊！

买家开来了一辆货车来拉牛，却没有准备别的工具，只能让牛自己爬上齐腰高的货柜里。

一开始只有一个人在上面拉，另一个人在下面抬牛腿，可是那头牛显然充分理解"非暴力不合作"，不管别人怎么使劲，它既不反抗，也不逃跑，像根定海神针一样，我自岿然不动。

渐渐地，周围看热闹的人多了起来，七手八脚上来帮忙的人也多了起来。

这个在上面帮着拽牛头，那个在下面几个人合力把一条牛腿抬上了车。

可牛还是不动。

有人干脆钻到牛肚子底下，用肩膀扛起另外一条前腿，在好几条黝黑手臂的帮助下，才让牛的两条腿都上了车。

车上的人再往上一提，牛不知所措地跟着他的劲儿往上一顶，就上车了。

第二头牛，也用类似的方法上了车，前一头牛被拴在了货车的栏杆上，静静地等待着。

牛和羊都是很温顺的动物，只要把它们拴起来，那肯定困兽不斗，安安稳稳往那里一站，隔一会儿还美美地反刍起来。

凑热闹的可不只是我们，很多当地人也饶有趣味地倚着栏杆，嘴里叼着根烟盯着这边，悠闲自在得不得了。

这里的人还是纯朴，要是买了牛羊又想起还有别的事要做，就把它们往路边随手一拴，反正也没有人会偷走。

有时候我会很羡慕这些来自小地方的人，他们的生活和记忆是多么回味无穷啊。王朔说："尽管这故乡其实可能是个贫困凋敝毫无诗意的僻壤，但只要他们乐意，便可以尽情地遐想自己丢失殆尽的某些东西仍可靠地寄存在那个一无所知的故乡，从而自我原宥和自我慰藉。"

而我们这些来自时髦都市的人，想起自己的生活时，

却只能看到一片空白。

牛羊巴扎外顺势建了一排餐馆和肉铺。

肉铺的老板们都很健硕，砍肉不用刀，用斧子，砧板都被砍得凹了下去。一斧子下去，骨头渣和肉渣飞溅，他的手上和身上都沾上了油脂，在阳光下亮晶晶的。

这多好啊，现杀现卖，肉还冒着热气就进了锅里。

论吃羊肉，再也找不到更好的地方了。

只是到了这里，就不要讲究什么环境和档次了。

不过说来奇怪，我的肠胃向来是很敏感的，按说吃了这些看起来卫生环境一言难尽的食物，应该反应剧烈而迅速，可是喝了许多看起来脏兮兮的大锅熬出来的羊肉汤，吃了很多沾着炉灰的烤包子，依然生龙活虎。

唯一的副作用是吃了还想再吃，一天吃三顿羊肉都不嫌腻。

回来之后逢人就说，新疆实在是太危险了，走在路上烟雾缭绕，不留神就被香味儿拐进哪个小餐馆里吃烤串了。

吃完发现还特便宜，干脆放肆地吃肉，几天就长出一身肥膘，实在是太危险了。

我们刚一坐下，还没点菜呢，先给每人端来一碗熬得浓浓的羊肉汤。烧木柴的大铁锅里除了羊骨头，就放了些洋葱、鹰嘴豆、西红柿和盐，仅此而已。

羊肉汤是不要钱的，喝到饱为止，要是有人光来喝汤，那也没人会多说半句话，反正骨头和柴火多的是，像不要钱一样。

这边的药茶也随便喝，茶的颜色红红的，味道很香。

我们一人来一根煮羊排，又各来一根红柳烤羊排，再来四个烤包子，美得嘴角直流油。

里屋是做包子皮的地方，从和面到烤制，都是在眼前完成的，包子端上来的时候还烫手，贸然咬一口，舌头都烫麻了。

这里用的还是最原始的馕坑，坑壁是混着盐搭起来的，所以烤包子的底部总沾了些白色的粗盐。

没什么可介意的，用指甲抠掉就是了，扦子头上烤出来的碳黑也不是大事，用纸巾擦了就行了。

要的就是这种狂放的、原始的味道。

我爱吃的烤包子一定要够肥，不能全是瘦肉，那样干巴巴的吃起来还有什么意思？就是要一口咬下去满嘴油香才好，这还不够，最好是一咬油就从边上汩汩地流出来，吃得越狼狈才越香。

这边毕竟做得粗糙些，肉粒还很大，嚼到嘴里特别有满足感。

不像几天之后，我在伊犁吃的烤包子，里面的肉稀稀的，让人心生怀疑。

吃肉也不讲究什么仪表了，人家也不给你拿筷子和勺子。

喝汤就捧起碗，吃肉就用手抓，没人在这里细嚼慢咽装作小家碧玉的样子，毕竟讲究的人看到那口陈年的大铁锅就望而却步了。

我们光顾着吃，来不及说话，眼睛晶亮，像几头小狼。

吃完一结账，嚯，一百块。

与废墟对话

当圣地亚哥拖着大鱼的骨架回到家中，盖着报纸沉沉入睡。他梦到了狮子。

冷湖石油遗址安静地矗立在柴达木盆地的边缘和祁连山脉的脚下，这里有一望无际的沉默废墟。

五六十年前这里居住着几万人口，而现在只剩下了断壁残垣，周围无边的戈壁与雅丹也悄无声息，除了因好奇而驻足的旅人，这里没有人烟。

并不太远处的冷湖四号公墓有密密麻麻的四百多个墓碑，那里沉睡着 60 年代以来为冷湖的石油而献出生命的人们。

这片土地的沉默过于震耳欲聋。

23

我来到冷湖石油遗址纯粹是偶然。路上远远地在戈壁之中看到了一片荒芜的房屋，出于好奇才开车进入了这片废墟。

废墟的面积大得吓人，这里是一座被荒废的城市。

大约在三十多年前，因为石油资源的枯竭，住在这座城市里的人们全部离开了，在雪山脚下的大地，留下了一个犹如伤疤般的废墟。

这里阳光灿烂，也长夜晦暗，这里欣欣向荣，也死气沉沉，这里无所不有，也一无所有。

进入废墟的道路非常宽阔，路的两边是绵延不断的砖房，说是平房，其实只剩下了空空四壁，有些甚至连墙壁都倒塌了大半。

本是窗户的位置变成了空洞，透过这些洞口，我们可以看到更远处更多的断壁，再更远处就是白雪皑皑的山脉。

这里有商店、有医院、有学校，各式各样的房屋应有尽有，唯一的共同点是它们都是支离破碎的。我们只能通过墙上残存的标语辨认不同。

有的墙上写了一些非常具有时代特色的标语，它们的语气依旧铿锵有力，但是颜色已经被冲刷得很单薄了。

当我站在西北的土地上，想起的第一个地名是德令哈，我总是不由自主地想起海子那首关于德令哈的诗。

这片土地的沉默过于震耳欲聋。

我很想看看什么样的城市充满雨水中的荒凉，夜色笼罩时，让人空空的双手无法握住一滴泪水。

冷湖的废城让我忽然体会到了这种感觉。

这里只有戈壁。美丽，却空空的戈壁，比周围一望无际的砾石和雅丹更显得空旷与悲伤。

石头被还给了石头，胜利的再次胜利。人类飞快地在无人区建立起了一座城市，又风卷残云般地离开，带走了房梁与窗框，带走了地下的石油，只留下了不再有价值的一片废墟，还有许多勇敢无畏的人的青春和生命。

这里没有坦途通向未来。

伍尔夫在《到灯塔去》中说："一个人为了使自己从孤独寂寞之中解脱出来，总是要勉强抓住某种琐碎的事物，某种声音、某种景象。"这里没有声音，曾经繁华的景象更让现在的沉默显得寂寞。

唯一有生命力的是之前的旅人们在墙壁上留下的涂鸦。这些文字把过去和如今轻而易举地联系在了一起。

我看到的第一个涂鸦是覆盖整面断墙的"你怎么不早说我们没有以后"。

与这句大张旗鼓的控诉截然不同，边上的一堵墙上被人用尖锐的硬物刻下浅浅的字迹——"我早说了，你不放弃。"

与其将这两句由两个陌生人写下的语句当作对爱情

的责问，我更愿意把它理解为人类与自然之间的拉扯。

"你怎么不早说短短二十年，资源就会枯竭，我们又要离去？"

"你早知道了，不也没有放弃？"

道路两侧都有房子的断壁，许多墙上都被写上了长长的句子。

有人誊写上了纪德的《人间食粮》："我生活在妙不可言的等待中，等待随便哪种未来。"

还有人写了："什么是答案，没有答案，灰烬，也只有灰烬是唯一答案。"

在一片杂乱的砖块堆成的小山包后面，有人写上了："艺术是可耻、是下作。"遥遥呼应的，是同样的字迹写着的："最美的往往发生在街头。"

我最喜欢的一句话只有短短的六个字——"不要追求永恒。"

还有哪里比这里更适合说这句话呢？

不要追求永恒，那是化神奇为腐朽的欲望。要"把远方的远归还给草原"。

还有一面墙上写着："别哭，前面一定有路。"这句鸡汤味太过浓郁的话在这里却显得恰如其分。

我不知道来这个废墟探险的人们怀着什么样的心情留下这些句子。尼采说人类厌恶静默，总是企图通过社交来绕过痛苦、忘记背后的东西。

使这些无声的社交需要穿越时间，但是人们依旧渴望留下痕迹，期待无法交流的"对话"。

这些句子像是穿透水面的月光，我们站在池塘的底部，顺着光走向月亮。

这里还有很多荒腔走板的大实话。

比如"想鬼混，不想写论文""妈，我不想相亲""不想结婚"。看来来这里的人们还是终究无法做一无所有的远方忠诚的儿子，还是被生活困扰着。

前几年，一些老石油工人，或者是他们的后代回到了这里，把一间相对保存完好的房子做成了废墟美术馆。整个房子被漆成了大红色，在这样一片戈壁滩与土色的废墟之中显得格格不入。

而现在的废墟美术馆，也变成了废墟。红色的墙皮尽数脱落，两堵墙壁都已倒塌，只剩下一些比较倔强的断壁在那里站立，上面写着"诗酒趁年华""春风得意马蹄疾"之类的诗句。

透过巨大的缺口，可以看到房子红色的内墙上用红色的油漆写了几个大字："你要如何，我们便如何。"这短短的九个字占据了半面墙。

那些过于昂扬的诗句在这里显得有些讽刺。

不过史铁生曾经发问："对春天而言，秋天是她的悲剧吗？"

再继续往深处走，那里除了成片坍塌的房屋，就什么也没有了。

要绕着这个废墟走完一圈，大概要一个多小时。

中华人民共和国成立后的第一口油井诞生于此，这里曾经沸腾着日喷原油 800 吨，此后跻身全国四大油田之列，曾经上万的石油工人和家属在这里生存，然而现在除了沉默还是沉默。

其实我所去到的废墟，只是冷湖石油遗址的一小部分，在路上我们还遇到了两三个类似的废城。

因为看起来都破旧得别无二致，所以我们并没有再次停留。这里大概曾经居住过上十万，甚至二十多万的工人。

离开遗址之后，我们到了属于茫崖市的冷湖镇。

进入镇子要通过一个检查站，所有人都要下车刷身份证才能进入。

冷湖镇只有一条路。整个镇子用几分钟就能横穿。

据说镇子上的人口不过几百。

大部分留在这里的人都在附近的盐场、气田工作。据说这里的房价便宜到难以置信，只要上十万就能买一套房子，但是依旧无人问津。因为除了本地人，不会有人有任何理由在这里安家与生活。

镇子给人一种难以言喻的奇特感觉。这里的房子都不高、粗线条、结构简单、颜色鲜艳。基本上都是明快的亮色，映衬着蓝色的天空显得格外欢快明媚。

阳光强烈，把建筑的影子拉得长长的，在墙上和地面上留下规整的几何形状。

　　这里的街道是静悄悄的，路上难得能看到一两个人影。屋前大多摆着陈旧的家具，诸如木沙发和椅子之类。它们经过长时间的日晒风吹之后颜色都褪去了，木漆也都变得斑斑驳驳。

　　石油遗址的落寞也映照在冷湖镇上。

　　我们找了一个小馆子停车吃饭，点了三碗拉条子，喝了三杯带着咸味的浓茶。

　　这里的馒头是黄色的，我们原本以为是刷了一层鸡蛋，结果听司机小宋说是因为里面放了碱，所以才是黄的。

　　这些不是什么好吃的东西，只是为了填饱肚子而已。

　　饭店里摆了很多老板从戈壁里捡回来的石头，后来我们在俄博梁雅丹也在地上找到了很多类似的透明矿物质，这些矿物散落在戈壁滩上，在黄土地里折射着阳光，不断散发出刺眼的光线。

　　老板的两个小女儿独自在饭馆门口玩耍，嘴上挂着一溜长长的鼻涕。

　　我蹲下来和她们说话。

　　其中那个个子小些的孩子不怕人，她说："我四岁了。"

　　再问她姐姐几岁了。

　　她说："我姐姐三岁。"

　　于是，告别了这一对三岁的姐姐和四岁的妹妹之后，我们花了不到两分钟时间就驶离了冷湖镇。

随着镇子在我们身后的远去，公路也逐渐消失了，我们驶入了茫茫的戈壁滩中，只能顺着前人留下的浅浅的车辙前行。

风大的时候路面上流动着的薄薄的一层黄土。

戈壁就像一张巨大的砂纸，打磨着我们这些身处其中的人们。我打开车窗，呼吸着裹挟着黄沙扑面而来的干燥空气，感觉自己在一个辽阔的空间里，这里的土地平坦到了真正一望无际的程度。

极目远眺，黄沙没有尽头。

废墟在时时刻刻提醒着我们这些从拥挤繁华的城市中来的过客，这里的广阔中蕴含着难以想象的固执力量，我们无法征服、难以靠近，甚至连梦中也只有夜里成片的黑暗。

石头最终属于石头。

从不想挖虫草漫谈开去

在布达拉宫脚下，我们面不改色地开了一瓶又一瓶拉萨啤酒，吃得杯盘狼藉，桌面上布满了菜汁和干涸的啤酒渍。

我们忘掉了前几天在昌都夜不能寐的头痛欲裂和在怒江峡谷生无可恋的呕吐，把一路上的小心翼翼都挥洒进酒里。

我们从弱不禁风变得随时可以倒拔垂杨柳。

说实话，拉萨啤酒淡如水，味道淡薄，香气也不浓，像是专门为高原上的酒彪子们准备的。

从成都到拉萨，飞机两个小时的两千公里路程，我们走了七天，大概每天要走三四百公里。

我十年前来过西藏，那个时候年纪小，什么也不懂，什么也没记住，也没高反，跑跑跳跳丝毫不受干扰。

这次就不同了，翻过五千多米高的东达山之后，那天晚上的我头痛到无法入睡，吃了止痛药之后，睡着了短短一两个小时，又被痛醒，醒了之后翻身的时候觉得像是有一个铁球，从脑子的一侧重重砸向另外一侧。

辗转反侧，从未觉得夜晚如此漫长。

早上起来之后，一切的不适又神秘消失，直到第二个夜晚的降临，让我再次陷入要借助止痛药才能入睡的痛苦境地。

这样折腾了两三天之后，我才适应了长期在三四千米的海拔上呼吸与行走。

直到在林芝试探性地喝了一瓶小酒，再到拉萨三个人一起喝得心花怒放。

我们一路上顺着 318 国道行驶，20 辆车的车队浩浩荡荡，速度也不算快。

用领队的话说，天险早已变通途。

然而，在我们这些长期在城市道路上循规蹈矩的人看来，崎岖的山路、轰鸣的货柜车、路边悬崖上嶙峋的怪石，无一不张牙舞爪地扑面而来。

有的时候山脚下热得人想要穿单衣，山顶上却是大雪纷飞。

要不就是进隧道之前艳阳高照，出隧道的时候冰雹砸得车顶叮当作响。

桂花落了

下雨、下冰雹并不算什么，怕的是前面的车把冰雪在地上压实了，路上滑得要命。

时不时会看到路牌上写着"医院很远，请控制速度驾驶"，又或者在怒江峡谷颠得人头晕脑涨的山体上，看到语重心长的三个大字"回去吧"。

我们只从成都开到拉萨，还有些人到了拉萨之后要再开到西宁，他们早早就在车里备了防滑链，不然不敢上路。

一路上我们就在感叹，光是看着阿根开车，我们就提心吊胆的，车队里那些自驾的人可太有劲儿了。

我们的司机阿根是个沉默寡言的藏族人，只有在我们到了他家理塘的时候，才开始侃侃而谈。

当然，在拉萨的两顿大酒之后，他的话还是很多的。

阿根说，现在正是藏民们开始上山挖虫草的季节，只要看到山脚下停了车子，山上扎了帐篷，那就是挖虫草的藏民们。

每年挖虫草的时间并不长，也就短短的两个月，可是藏民一年的大部分收入，靠的就是这两个月的努力。

这些山头，分别给了不同的村子，山脚下有人看守，只有村民才能上山。

资源好的村子，这两个月一家能挖四五十万块钱的虫草。

然而大部分的村子一个人也就能挖个两三万块钱的虫草，所以有的家庭规模很大，毕竟一个人就代表了一个劳动力。

每到七八月份，那就是藏民们最富裕的时候，大家每天载歌载舞。

听到这里的时候，我不禁表示十分羡慕。一年只要工作两个月，而且还是没有本钱的买卖，这也太适合我这种懒人了。

阿根却说作为藏民他觉得一点也不好，他说什么也不愿意他老婆和孩子去挖虫草。

他说他之前也去挖过一段时间虫草，每天都要爬上五六千米的高山，一整天跪在地上，脸上被太阳晒到掉皮。

有的时候一天也只能找到几根大小不一的虫草。

我们去帕隆藏布江的源头，仁龙巴冰川的时候，冰川脚下藏族村庄里开车带我们上去的小伙子，很骄傲地向我展示了他前一天用整天辛劳换来的十根虫草，还给我看他抖音里拍的家里的七十多头牦牛。

他说现在的虫草个头不大，一根也就能卖三四十块钱。

那里有两个村子一同管理仁龙巴冰川，所有旅游收入都要平均分给每一个村民。

进冰川的时候，我们车队被村长拦了下来，他说我们一定要坐着他们的车进去，因为这里的山上全是虫草，怕我们的车横冲直撞破坏了草场。

可是就算坐了车，也还是有一段两公里多的路程一定要靠步行或者骑马才能到达。

仁龙巴冰川并不算特别出名，不像来古冰川一样全

桂花落了

35

时不时会看到路牌上写着"医院很远，请控制速度驾驶"，又或者在怒江峡谷颠得人头晕脑涨的山体上，看到语重心长的三个大字"回去吧"。

是游客，这些村民的汉话大多说得很差，大部分中年人会说简单的字句，但不会听，只有年轻人能连贯地交流。

那个挖虫草的小伙说，他们村子里二十多户人家，只有两个人去读了大学，他只有二十岁，但是早就不读书了。

那条通往冰川的路高低起伏不断，要不是紧紧地拉着马缰绳都害怕会从马背上翻下去。

替我牵着马的小伙子一路上唉声叹气，说一天到晚走这条路，循环往复走得他脚都痛了。

同行的人说，要是把这条路修好一点，以后可以开车进来，不管是游客还是村民都更轻松。

小伙子毫不犹豫地说："那可不行，路修好了谁还来骑马？"

我们听了都笑了起来，夸赞他头脑灵光。

这也是阿根觉得挖虫草不好的原因。

虫草对于藏人，就像这条破烂的路对于这两个村子一样。

他们只要守着现有的资源，每天都能分到数目并不多的钱，能维持他们的生活，却也很艰苦。

但是让他们离开他们所拥有的东西，比如说修好这条道路，让交通便利起来，其中所包含的变化和威胁，又是他们不愿意面对的。

阿根说挖虫草是会上瘾的，虽然又苦又累，但是钱来得快，来得毫无成本，对于许多除了放牧没有别的收

桂花落了

入来源的家庭来说，只要挖了一年虫草，就年年都想挖，主要收入就依靠着它。

而且挖虫草的收入不菲，足够让他们活下去，那么他们也无须费心谋求别的出路了。

可是虫草的资源在减少，各种关于人工虫草的传闻与日俱增，或者说有一天虫草从神坛上跌落下来，价格不再高昂，那么这些家庭就别无生路了。

那个时候再去另谋出路的话，别人已经走了很远很远了。

我们去然乌湖的路上，专门另辟蹊径绕路经过了一个小村子。

别的村子有的是钢筋混凝土建的，有的是厚厚的石头墙砌的，说不上有多么豪华，但是都显得很坚固牢靠。

而这个村子的屋顶都是用蓝色铁皮搭起来的，在雪山脚下显得十分单薄。

草地上还有一头牦牛被啃得空空如也的骨架和皮毛。

看到我们的车队，村子里面冲出来了四个小孩子，他们很高兴地朝我们跑过来。

他们拖着长长的鼻涕，要不就任由鼻涕流淌到衣服上，要不就用手把鼻涕在黑黑红红的小脸上抹匀、风干。

他们不会说几句汉话，但是大家都意会了他们是想找我们要吃的。

我们靠着阿根和他们交流。阿根说他小时候和这些小孩子的区别也大不了多少，衣服穿得单薄又破旧，唯一的区别是他舅舅坚持他们一定要去读书。

他爸爸听说家里的孩子都要去读书之后很生气，问他们："那山上的牛怎么办？谁去放牧？"

但是他舅舅坚持他们一定都要受教育，成绩很差也没有关系、倒数第一也没有关系，就算考不上大学也没有关系。

他认为受过教育和没有受过教育是不一样的，能读多少就是多少，能多看一点就多看一点。

别说在藏区，要是在中国许多偏远、甚至并不那么偏远的地方，大家都能有这样的想法，那该多好啊。

不过听到这些话的时候，我心里又盘旋起一个疑问，我问阿根："那男女受教育程度一样吗？"

阿根无奈地笑笑，说现在家里女孩还更受重视些，反正在他家里女儿想要什么就给什么，但是连好脸色都不会给儿子。

话虽如此，路上我们途经了一个异常穷困的村子，那个村子里仍旧是一妻多夫制。

经过的时候大家纷纷打趣要不就留在这里，让几个丈夫一起赚钱养着自己。

但是其实，所谓的一妻多夫只是贫穷和不平等的产物。

许多家庭有好几个男孩，不是每个人都娶得起妻子，就干脆一家兄弟一同娶一个，妻子要照顾家庭，还要生养后代。

怎么看怎么不像好事。

越是对于这些贫穷的地方，教育越是唯一的出路，金钱对于他们来说，其实并不是真正能改变生活的东西。

阿根说他有一个朋友，年纪也不过三十，大字不识，连名字都写不清楚，但是家里有三四百头牦牛。

要知道，一头成年牦牛值两万块钱，他那黑压压的一群牛可以说是一座金山。

有一次他想去成都买一辆车，从家里拿了十几万现金带在身上。从理塘到成都路程漫长又艰险，别人劝他把钱存进银行，等到买车的时候再取出来就好了。

结果他把钱存进去了之后反而闷闷不乐，一路上坐立难安，担心银行会把钱拿走，再也不还给他。

等买了车回到理塘之后，他又开始日复一日地放牛。他对钱没有概念，不知道放牛是为了什么，只知道他的父辈就是这样日复一日地放牛的，所以他也要把这些牛年复一年地放下去。

要是丁真没有突然走红的话，也许这也是他的生活。

这一路上遇到的藏人们，只要说到理塘，立刻咧起嘴说起丁真。

但是随后都摇摇头，说觉得丁真不够帅，要雄壮的康巴汉子才好看，他们觉得他不过是很幸运而已。

好像我所遇到的大多数男性都对丁真没有好感，因为他们很难接受怎么可以有人单纯因为相貌而引起关注、改变命运。

相比之下女性对这种事情就显得见怪不怪了，何况丁真的眼睛纯净得像是深邃的湖泊。

和阿根接触下来，我最大的诧异是他对于文化，看得比什么都重，他说从他舅舅开始，就认为孩子可以一无所有，但是不能没有文化。

没有钱是可以改变的，没有文化不仅难以改变，而且本人也不愿改变，因此整个人都会被束缚住，看得只有五米远，连十米之外都看不到。

就像"修好了路，就没人骑我们的马"这样。

对于藏族人来说，大昭寺是一个比布达拉宫还要神圣的地方。布达拉宫里大多是游客，本地人都在大昭寺朝拜。

大昭寺外的街上拉了很多横幅，这些横幅不是关于"富强、民主、文明、和谐"。

而是藏汉双语的"家庭的希望在孩子、孩子的希望在教育""教育是国计，也是民生；教育是今天，更是明天""巩固义务教育普及成果，推动义务教育均衡发展"。

看着这些横幅的时候，我心里生出一种难以言喻的希望。

在去羊卓雍错的路上，我们遇到了很多孤独的村庄，他们离大路上百公里，去村里的路烂到像是搓衣板一样。

我会想，他们怎么能够摆脱贫困呢？他们怎样才能走出去呢？他们走出去了，又如何回来呢？

看着窗外倏忽而过的村庄，我问阿根，藏民们的生活看起来非常简单，可以说维持最基本的自给自足问题不大，那么挖了虫草、养了牦牛和绵羊之后，这些钱花到哪里去呢？

毕竟除了拉萨之外，大多数村子并没有什么娱乐方式，看起来也没有能花钱的地方。

他说对于大多数家庭来说，最大的开销是看病。

对于很多老人来说，总是觉得有什么病痛忍一忍就过去了，可是忍得久了，小病变成大病，最后人财两空。

而且高原上的条件比平原艰苦，人的身体要承受风吹日晒和各种严苛的自然条件。

高原上的冷风，能吹进骨头里。

这里最常见的病是肺病。这与污染无关，与稀薄的空气和极端的气候有关。哪怕得了一场小感冒，在高原上都久久不能痊愈，只有去了成都才能完全恢复。

阿根说有条件的家庭每隔一段时间就会把家人都带到成都去体检，不再把小病等成大病。

归根结底，西藏对于我们而言还是一个神秘的地方。

现在对于大部分藏民来说，丧葬方式还是天葬，子孙后辈们也不会去祭祀祖先，而是在逢年过节的时候去祭山。

到了拉萨附近，领队提醒我们不要去吃淡水鱼，因为鳏寡孤独都会用水葬，葬在雅鲁藏布江里，所以藏族人不吃河里的动物。

布达拉宫里之前还有人皮唐卡。

在大昭寺外面的八廓街，我们随意地乱逛，看到了很多老人们拿着转经筒走来，我们一开始以为那天有什么特殊的宗教集会。

结果走了两圈之后发现，街上的人一点都没有减少，还是有那么多人拿着转经筒绕着圈子。

我们这才反应过来原来他们是在绕行大昭寺。

我问阿根说，他们要在这里转多久。

我的原意是，他们每天几点开始转，转到几点回家工作或者休息。

阿根理解错了我的意思。

他说："有的人转了一辈子。"

桂花落了

在沙井吃蚝宴　看深圳B面

第一次提起冬至之后，去沙井吃蚝宴是将近两年前的事情了，这两年里我一直惦记着，但是很少回到深圳。

终于在这个冬天赶了个晚集，虽然没有赶上金蚝节，好在仍是蚝肥的时候，于是带上烧饼去沙井吃蚝。

沙井古墟不远，有两家专门做蚝宴的饭店。

顾名思义，饭店里的每一道菜都有蚝，从青菜到汤到饭到小菜，无一不和生蚝有关。

甚至连饭店的外墙都是用蚝壳搭建起来的，密密麻麻的蚝壳支棱在墙外，既能加固建筑又能防止海风海水的侵蚀。

吃饭的时候大家说，可能沙井之外，大家只知道有农民或是渔民，不知道还有蚝民的存在。

北宋开始，沙井就有蚝民了。蚝民之前要在海边的滩涂里插竿养蚝，唯一工具就是形状和翻过来的长条凳很像的木板，他们趴在上面手脚并用地前进。

后来，逐渐变成海水养殖的方式。

很可惜的是，现在的沙井已经没有蚝了。

蚝民们都去了湛江、江门等地异地养殖，传授技术，因为沙井的水质不再适合养蚝，生蚝养殖只能黯然收场。

现在即使在沙井所吃的蚝，大部分也来自湛江。

但是蚝民的文化还是保留了下来，蚝宴也依旧是沙井的一大特色。

谁也不会忘记莫泊桑的《我的叔叔于勒》中，是怎样写法国人优雅地吃蚝的。

"她们的吃法很文雅，用一方小巧的手帕托着牡蛎，头稍向前伸，免得弄脏长袍；然后嘴很快地微微一动，就把汁水吸进去，蛎壳扔到海里。"

在法国吃蚝总是生食，加一点点柠檬汁，最多配上点辣酱，配着白葡萄酒一起吃。

中国的蚝一般不生吃，都要熟着吃，说实话我觉得更有滋味些。

苏轼对吃蚝也有研究，反正哪里有吃的，哪里就有他。

桂花落了

他在《食蚝》中写："己卯冬至前二日，海蛮献蚝。剖之，得数升。肉与浆入水，与酒并煮，食之甚美，未始有也。"

把蚝肉和酒一起煮，甚至连蚝的汁水也不放过，真不愧是苏轼。

我们的蚝宴更食人间烟火一些，做得热热闹闹的。

先是一道蚝炖羊肉汤，都说鱼羊鲜，羊肉和生蚝在一起也是鲜甜异常。

而且冬天的蚝胖嘟嘟，圆滚滚的，在肚子那里咬下去简直要有汁水爆出来。

还有些诸如碳烤生蚝、干煸生蚝、生蚝炒韭菜、炸生蚝、麻辣水煮生蚝之类的寻常菜就不赘述了。

只是不得不感叹一句，生蚝和大蒜真是绝配，蚝多少还是带着海腥味，本身的味道也是淡淡的，和蒜末富有刺激性的味道一碰撞，立刻就鲜活了起来。

有一道菜是在一个小砂锅里下重油和很多蒜末，还加了些葱，再简单调味，除了蚝之外什么配菜也没有。

上桌的时候还滚烫得吱吱作响，砂锅里的油花四溅，吃起来特别有味道，比烤出来的更好吃。

煲仔饭里也放了蚝，不过是蚝豉，也就是蚝干。

蚝并不贵，但蚝豉可不便宜。

一斤又肥又壮的优质蚝大概七十几块钱，在沙井这边的小烧烤摊上，十块钱甚至就能买到五六个英年早夭的迷你蚝，可是一斤蚝豉动辄就要几百块钱。

这里的蚝油也是真正的蚝油。

我记得在里尔的时候，去中国超市里买蚝油，只要二十几块钱，里面的成分，和蚝可以说毫无关系。

而这里的蚝油，真的是用蚝熬出来的，颜色比较苍白，是棕色而不是黑褐色，也并不那么浓稠。

不过这些海产品浓缩出来的产物，大多有些腥味，比如说虾酱和蚝豉，虽然被本地人视为珍宝，对于外地人来说却是腥得发慌。

我们一桌人都达成共识，那就是蚝豉并不好吃。

广东人喜欢用蚝豉煲汤煮粥，蚝豉在煲仔饭里也成为了和腊肠腊肉一样的配料，很有特色。

最用心思的还是一道小菜，乍一看还以为是花生米配酱菜，吃到嘴里才发现那些黑乎乎的"酱菜"其实也是蚝做的。鲜味十足还挺好吃。

味道很像我小时候偶尔会吃的罐头蚝。

那个时候觉得罐头蚝真是好吃，恨不得连菜也不吃了，盛一碗大白米饭拌着罐头里的汁吃，不知道有多美。

现在想想，那一罐汁里有大半是油吧，也就是那时候年纪小，现在哪还能这样吃东西。

吃完了饭，手捧着肚子到村子里走走，旁边就是沙井古墟。

介绍里说古墟里有宋代、明代、清代到近代的各式建筑，说得神乎其神，还有个宋朝的龙津石塔。

桂花落了

　　要是抱着探寻名胜古迹的心情去古墟里游荡，那是一定会大失所望的。

　　最富盛名的龙津石塔让我们抬着头在大街小巷里找了半天，结果只有一米多高，占地将将超过一平方米，实在不太有面子。

　　整个古墟过不多时除了风貌建筑都会被拆除，这可不是不保护历史文物，只要走进来看看就能立刻明白。

　　这里简直就是深圳的 B 面，民房林立，有的道路甚至窄小到要侧身通过，说握手楼都对这些小巷子有失尊重，怕是站在窗口，大跨一步就能进到别人家里。

　　天空都要变成一线天。

　　别说开车了，甚至连自行车都不好进去，里面连导航都晕头转向，堪称迷宫。

　　且不和深圳别的地方比较，沙井的二手房价已经突破 7 万，而古墟里的小居民房，一个月的租金只要几百块钱。

　　这里的民房非常矮小，最多不过三层楼，而且大多都有露台，所以古墟里以前有很多飞贼，爬上二楼的露台，直接翻进屋里偷东西。

　　现在的治安好了很多，不过这里依旧是三教九流的汇集地。

　　一进到古墟里，路上连一个摄像头都没有。

　　广场上停着拉客仔骑的加长电动车，这种车最多能坐四个人，马力十足，跑起来飞快，交警都追不上。

不过这也维持了一家人的生计。

有人在井边打水洗衣服，有人在店铺门前吊起一只开膛破肚的羊，用火枪烧毛。

还有的理发店里挂着一排剃头推子，价目表上写着"染发 35 元"。

因为过于狭窄和拥挤，有的房子门前直冲着好几条路，房主就在门上挂起了阴阳镜或是用块木板写上"泰山石敢当"，果然劳动人民的智慧是无限的。

因为排水不畅，每年深圳的梅雨季节这里都内涝严重，有的时候水能积到一米多深。

我问同行的叔叔："要是在这里点外卖的话，外卖员怎么找门牌号啊？"

叔叔说："这里不是点外卖的地方，这里是生产外卖的地方。"

说的也是，可能有很多小作坊就藏在这里。

这里大部分的居民都是在附近工厂里打工的年轻人，这些并不宽敞的房子给他们提供了一个安身立命天花板，虽然破败又混乱，但也毕竟是一个遮风挡雨的地方。

这里的房子大多是几十甚至近百年前建的，有的房子还有伸出的小阳台，我们都说，这一定是之前的大富之家，才有这样的阳台。

这些房子都属于最纯粹的深圳本地人，他们当然都不住在这里，他们早就搬到市区里去了。

叔叔说，他还见过有的老太太隔段时间就挨家挨户地敲门收租，很有点"每天没事干，上门收租打发打发时间的意思"，也是非常有趣的现象。

这样看来，旧改当然是件好事，只是他们都不无担心地说，要是真的拆迁了，这些租客不知道会流失到哪里去，毕竟除了这里他们也承担不起别处的房租了。

在古墟里闲逛的时候，能看到许多玩耍的小孩，有的小孩跳进古墟里的一条小河，在河里踏水，有两个小孩用一条塑料绳牵着小车疯跑，他们的笑声充满着各个街道。

相比别的商业化的所谓名胜古迹，我更喜欢沙井古墟。

这里的生活气息浓郁，是在深圳这种城市很难得的原生态。

古墟周边的商铺前生蚝堆成小山，有人拿着工具手脚麻利地翘开蚝壳，把它们分门别类按照大小丢进盆子里。

这里有真正未经过商业包装和修整的旧房子，还有各种祠堂和家塾。

我们去的时候村里正有一个选举，一个小小的广场上人声鼎沸，十分热闹。

乱虽乱，但这是一个真实的地方，是深圳的一部分，很少被提起，总是会被遗忘的一部分。

在这个最本土的地方，住的都是异乡来的打工者。

这里曾经是宋代的盐场，在清代因养蚝而兴盛，而现在不再有养殖场，也不再产蚝。

蚝这个东西也有趣，一斤蚝豉要大几百，一瓶蚝油也要一两百，但是烧烤地摊上一两块钱也足够买一只尝尝。

深圳就是一个这样的地方，有很多类似的冲突和矛盾。既有光鲜亮丽的国际化都市建设，也有被大多数人无意之中回避掉的一面。

这次回家之后，我也去了诸如甘坑小镇，或是大芬村这些地方，我总觉得这些地方还是 A 面的气息太过浓重，让人看不到他们原本的面貌。

而沙井古墟，毫不粉饰地保留了最原始的生活底色。

A 面的触手除了在老房子的墙上留下了一些壁画之外，还没有触及到古墟里的生活。

里面没有什么可以打卡的咖啡馆或是文化中心，这里就是一个乱糟糟的城中村里有历史浸润下的文物古建，还有更多历史问题的积重难返。

渔排上的日落

　　住在海边的人，靠海吃海，虽然深圳不是著名的渔获港口，但也有些独特的吃海鲜方式。

　　从小到大我最喜欢去渔排。

　　渔排上的人家常年生活在海上，食客要开船或是提前联系船家安排船只才能到达渔排。

　　不管周围的海滩怎样人头攒动，岸上的烧烤摊多么烟熏火燎，渔排总是一个遗世独立的存在。

　　渔排上一般会养狗，还一定会有一个摇着扇子，坐在躺椅里叼着牙签四处环顾，却不管你怎么叫都毫无反应，稳如泰山的广东大爷。

他脸上留着属于渔民的纹路，皱纹黝黑深邃，深下去变成一个海沟。

渔排边上的海里围着一圈一圈的渔网，黑色的浮球标记着网里游鱼世界的边缘，但毕竟是在海里。

食客站在网格型窄窄的木板上，在一个一个海洋鱼缸里挑鱼，养了花螺和蛤蜊的围网里漂浮着一个个小盆子，周围绕了一圈泡沫让盆子漂浮在水上。

人在岸边用杆子钩一下盆子，就可以伸手捡蛤蜊。

有气派的渔排会在最中心空出一个巨型"鱼缸"，里面养着动辄几十斤的大鱼，不知道什么样财大气粗的人会点。

它们和鱼池里的金钱龟，还有当屏风的玉石雕塑是同一种存在，是财大气粗的象征，是做好一件小事，比如说做一顿好饭的底气。

渔排的狗对于热情的我横眉冷对，海上的夕阳有点雾气蒙蒙，天只是一点点暗下去。

磕缺了口的茶壶端上来，几双筷子一齐在杯子和碗里的滚水中搅动，接着又是几声瓷碗跌落回碟子里的清脆响声。

天暗下去，头顶上的灯打开，一盘盘看起来清汤寡水的海鲜被端上来，大家先吃两口，喝一杯酒，又继续在谈话的间隙里埋头大嚼。

水在空荡的海里荡来荡去，我们也在海上摇晃。

六月的阳光释放很多的温暖，太阳落山后，海水还在慢慢释放白天积攒的热量。

这个场景几近浪漫。

总之，对于广东人来说，饭店里吃的不如大排档里吃的好；普通的大排档比不上海边的大排档；海边的大排档比不上老板埋头剁鱼、服务等于没有、老板小脸油亮的孩子把套着塑料膜的餐具甩上桌子的海边小店。

塑料椅子有些摇晃，桌上的转盘摆歪了，不停地画着椭圆形的弧线，为了不擦桌子垫的劣质塑料布飘飘扬扬，我坐的地方最后总会变得千疮百孔。

这样的话，这顿海鲜就具备了好吃的各种基本条件。

广东人很有意思，喜欢在最意想不到的地方花钱。比如说破旧的渔排边上停满了私人游艇，一家人穿着拖鞋开一个小时船来"吃顿便饭"，感受一下"农家生活"。

和我停下共享单车，在路边吃烧烤的神情别无二致。

开一瓶十几年前的白葡萄酒配海虾，挥挥手跟老板娘说："那边桌上看你们晒了虾仔，送点给我们尝尝嘛，一碟不够，最少两碟，别小气啦。"

生活太丰富，什么都不缺，一边被堵住了，就往另一边突围。

也是很有生活趣味。

也许吃多了太多细细雕琢过的东西，现在的人反而更喜欢吃食物本来的味道，对很多东西也是一样。

也是在老旧的海边饭店里，我看到过新鲜到身上的光点还会闪烁的鱿鱼、长得像宝塔糖的贝壳。

宝塔糖，久远又可怕的回忆。

还有在沙滩的岩缝间看到的海螺、海边飘着的海带。这时重点不在于吃到了什么，它们的味道相比城市中抑郁的大鱼是不是鲜甜了一点点。

而是深入到不管是什么的腹地里，到一个小岛上，听当地人的方言，吃丑陋得坦坦荡荡的海鲜，闻浓郁的鱼腥味，看苍蝇从陆地追赶到海上。常年住在渔排上的渔家，卧在一张窄床上，听雨疏风骤，看天空紧绷又松弛，简直有种哲学意味在里面。

那天好像没有吃到什么了不起的东西，酒柔柔的，海浪摇晃渔排，脚下也柔柔的，回去的路上躺在船上吹海风，风很凌厉，海浪打湿我的镜头。

桂花落了

为什么喜欢吃黄皮

黄皮，一种非常广东的水果。

我问外地的同学："你吃过黄皮吗？"她说："黄鼠狼吗？不吃不吃。"

我一想，说得也挺有道理，黄皮就是水果里的黄鼠狼嘛，一剥开就散发出一股浆汁的涩味。

我小时候一直不爱吃黄皮，一直想不通怎么会有人喜欢这种带着奇怪草本味道的水果，而大人总是说，黄皮有着如何如何的健康功效。

广东人就是这样，再奇怪的东西，只要冠上对身体好之名就旗帜鲜明地喜欢。吃东西不是为了好吃，而是为了清热化痰啦、行气止痛啦这些功效，好像比吃药还有用。

总有一些玄而又玄的养生法则，比如大人保温杯里泡着的西洋参，年轻人手中盲人按摩店的金卡。

我记得从小学开始，每个同学的杯子里就泡着诸如罗汉果、金银花这类的东西。

广东人还喜欢吃青橄榄，我怎么也想不通怎么会有人喜欢这种青涩的口感。但是现在随着口味的变化，我也变成了一个喝粥要放香菜，吃牛肉火锅要放萝卜的大人，突然发现黄皮好像也没有之前觉得的那样难吃。

这个周末我在一个果园里闲逛，树上的葡萄和百香果还没有完全成熟，荔枝却已经落满一地，树上的青柠闪着温润的光，龙眼成群结队地挤在枝头，黄皮也长得初具规模了。

刚摘下来的黄皮散发着一种专属于夏天的滋味，巴普洛夫的我一闻到这种清爽的味道，心里十分拒绝，舌尖上却开始疯狂分泌唾液。

黄皮的皮有桀骜不驯的味道，十分难以形容，像是走进了中草药市场，像是在山野里随手摘下了一颗肆意生长的野果。总之这是一种神秘的，仿佛没有被人类驯服过的味道。

初一闻让人退避三尺，闻久了却变成了一股异香，和陈皮有异曲同工之妙，却更复杂、更深远。

57

　　这大概和奶酪和酸笋的道理是一样的吧，一开始难以接受，习惯了特殊的味道之后那股最初以为的怪味却让人难以割舍。

　　黄皮里面的肉和龙眼、荔枝是一样的颜色，但是口感却有不同，一口咬下去绵绵软软，要用嘴唇挤住外皮，把果肉抿出来。

　　一般没人洗黄皮，这个时候广东爸爸妈妈关于讲卫生的说教暂时性沉寂了，也可能虫子都不喜欢黄皮的味道，所以也不需要打农药。

　　一颗优秀的黄皮要有足够的酸味，带一丝丝的甜味就够了。

　　毕竟广东人喜欢在苦里找香味，就犹如在苦涩的普洱茶中品古树香，又如在凉茶汤中品草本味，要是让香味一览无余地出现在面前，那反而没有意思了。

　　就像金橘一定要带着皮吃，咬开皮的时候被酸得一眯眼睛，这就叫止痰生津，又是养生了。

　　荔枝甜得大大咧咧，像是汪曾祺的栀子花，香得太痛快，太慷慨，这种只有优点的水果肯定不健康，不然怎么甜得这样居心不良。所以一天吃三颗就差不多了。

　　黄皮酸中带甜，年轻的身体里散发着陈皮靠时间的发酵才能得到的悠远香气，吃进嘴里之后，一点一点爬进鼻子里，盘踞在上颚和口腔里久久挥之不去。

　　黄皮还有可以煲汤的说法，但是为了减轻食材的痛苦，我从来没有试过。

那天在果园里摘下来了一大盘黄皮、荔枝、龙眼，最后竟然是黄皮的位置最先空空如也。

龙眼和荔枝甜得不修边幅，连着吃几颗简直要甜到牙根，而黄皮的味道起起落落，酸味相对尖锐，味道跳跃反而更显得好吃。

再配上一碟哈密瓜和火腿，味道又丰腴了不少。

有了肉的咸味和坚果香，哈密瓜拉回一程清甜，黄皮在舌尖跳跃，味道比之前更有厚度，再喝一杯苦味熏心的普洱茶，我也是个老养生学家了。

桂花落了

凤凰山下一头猪

吃饱喝足的我满意地在车里抹抹嘴，光明乳鸽还是十几年前的老味道。

巨大的大厅里闹哄哄，服务员叫好久也不来，每个人的头顶冒着热气，手上不停歇地撕扯着褐色的乳鸽，走之前都心照不宣地再打包上几只，再包上几根甜玉米。

打包的乳鸽被包在油纸里，油脂渗出来，香味飘出来，第二天又唤醒胃口第二春。

樱花盛极凋落，妙龄乳鸽也是一样。虽然我从小就觉得用"妙龄"二字来形容乳鸽非常滑稽，但还真的只有二十几天的乳鸽才有这样细腻、柔软的肉质和丰腴的油脂。

总是觉得深圳的美食很少，好吃的东西都躲在犄角旮旯里。越是土里土气的地方，越是空调不足的地方，味道就足了。

大家大汗淋漓，眼镜滑到鼻尖，汗珠从鬓角滚进领子里，白花花的大腿粘在椅子上，散发着水汽的风扇偶尔吹拂到日渐宽厚的背上，这个味道就对了。

前几天在凤凰山下吃了一头烤猪，恍然间就有这样的感觉。

我已经很多年不爬山了，再到凤凰山脚下就是为了吃烤猪。

烤乳猪我吃过，众所周知的难吃，烤乳猪毕竟意义大于味道。

烤整猪我还真是第一次吃，更别说这样烤到浑身酥脆的了。

老板说烤猪一定要提前一天预订，预订之后杀猪，再提前用料腌起来，下午就要送进烤炉里挂起来，烤到一半，拿出来，再送进去烤。这样折腾一次烤猪的皮才能酥脆，里面的肉又不被烤干。

老板的话很快就被剁肉的声音打断了，一把大刀在猪身上磕几下，一阵爽快的咔嚓声，一块块肉就被卸了下来。

外皮酥脆到掉渣，油润的肥脂藏在皮肉之间，手起刀落切肉时，一股一股的油脂在案板上流淌，空气中弥

61

漫着一股让人忍不住露出微笑的味道。

里面的肉也有滋有味，尤其是肋骨。因为从内部抹了腌料，里面的肉才是味道最浓郁的。

筷子是不用的，一人拿一根肋骨，抱着啃就是了，大口吃肉说的莫过于此。

外皮像是烧肉，但是更爽脆，更厚实。

我之前尝试过在家里做脆皮烧肉，苦苦在猪皮上扎满了孔洞，又用白醋泡过，小心翼翼折腾了一个下午，最后烤出来的外皮虽说有点脆的意思，但是黏牙得像口香糖。

更别说这是一整头猪，而不是一小块肉了，能做到这种酥脆的程度实在是不容易。

烧饼在一边闻着味道急得团团乱转，在每个人的脚底下窜一下，把小下巴放在我的腿上，急不可耐地拱我的胳膊肘，最后换来了一小块用水冲过的边角料。

烤猪吃得好一通热闹，下水也没有被浪费。

猪杂一半做了炒菜，一半煮了粥。火候也是恰恰好，即使在重手笔的调味之后，猪肝依旧清甜爽嫩，粉肠外面脆，用牙一挤就是粉粉的口感，这是属于吃下水的人的独门快乐，不足与外人道也。

就连花菜都是用烤猪的边角料炒的。老板看我们的胃口不足以容下一整头猪，告诉我们，把骨头带回家煲汤、煮粥，皮肉带回去炖冬瓜，其味无穷。

说到底剩肉的唤醒法则就是有味使之出，无味使之入，放弃口感上的精耕细作就更容易达到平衡了。

别的菜也有意思，酿辣椒外面裹了一层粉炸得酥脆、菜脯蒸肥瘦相间的肉沫、一大箩筐垫着陈村粉的鱼片……

少不了的还有刚刚上市的黄油蟹，毕竟夏天一到，就到了吃黄油蟹的季节了。

在海边晒太阳浴的螃蟹，浑身暖洋洋的，直到肚子里的黄都被晒化了，流淌到身上的每一个角落，就被人类抓上来，敲骨吸髓地吃干净。

虽然还是中秋节的黄油蟹最好吃，但盛夏的黄油蟹，也有丰腴的黄油流遍全身，雪白的蟹肉上黄澄澄的油脂，就像是阳光在海滩上留下的金黄色闪光，被这些路过海滩的小螃蟹刻在了身上。

就这样吃饱喝足，在偶尔会想看四十四次日落的时候，想起不管怎么样还有这样香得张扬的烤猪，还有可以吃很多顿饭的犄角旮旯，这足以承载很多的快乐。

北门外的菜煎饼

　　北门外的滕州菜煎饼店蜷缩在一个小小的门帘里，店宽最多不过一米五，老板的肚子要是再长大一点，一挺肚子就能顶到铁板上。

　　店位于二楼小宾馆的楼梯下面，所以店里的后墙是坡形的，有一侧与进入宾馆的通道相连。

　　说是一个小店，不如说是强行隔出了楼梯下的一个小空间。坡下有一个柜子放准备好的食材，整个店唯一一面墙上钉了一个小架子，架子下面就是一条长铁板和一个饼铛。

　　墙上贴了两个大红的窗花，写着平安是福，架子上还摆着一面小国旗。

角落里还挂着三根干玉米。

店里最夺人耳目的就是一个嗓门很大的音响，音响连着老板的手机，总是放着明媚又欢快的歌曲。

老板喜欢折腾，以前在我们的民间奶茶群里潜伏着，买奶茶就可以把菜煎饼送到学校任意一个角落，运费当然没有。后来把自己苦心经营的菜煎饼群给了隔壁卖鸭货的，发广告拉人忙得不亦乐乎。

如果这样就认为事业心很强的老板是一个起早贪黑的人，那就错了。

上午去店里多半是看不到人的，我们偶尔路过，流一路口水，等到了门前只看到冷冰冰的一扇卷帘门。

有一天路过的时候，发现上面贴了一张写了转让的条子，白底黑字，咬牙切齿的样子在风里抖动。

还挺意外的。

从我到山大开始这家店就在北门外迎接我了，三年来我看着北门外斗转星移。吉满杯走了，风靡一时由学长创业的三七木鱼面也下落不明了，网吧楼上大言不惭"山东和广东都是东字辈，山东人做肠粉肯定好吃"的大叔，带着他风味独特的肠粉回到了老家。

我们宿舍总是要唏嘘感叹一番这些小饭店的退场，可是好像也只是短暂地想起一下。

更多的店我可能连名字都没有记住，甚至在很长时间里都意识不到他们的离开。

老板说："干腻了，干了七年了，陪了你们七年了，

我也有别的事想干了。"

他又加了一句："那我也会很想你们，反正我应该不会离开济南，还在一个城市嘛。"

老板是一个很健谈的人，等煎饼的时间差不多十分钟，能被他密密麻麻的话填满。冬天的时候店外天寒地冻，老板就招呼我们到上二楼小宾馆的楼道里站着，他的店里有一个小窗户通楼道，他一边手上不闲着，一边还能回头聊天。

菜煎饼很简单，两张圆形的饼皮，山东煎饼薄如纸张，再加上各种菜丝的馅料和一个鸡蛋，就组成了最简单的菜煎饼。

剩下的要加什么丰俭由人，总之最特别的地方就在那一张饼皮。

一个鸡蛋先打下去，再压上一张饼皮把鸡蛋摊开。翻个面，鸡蛋朝上，铺上一层菜丝，再压上一层饼皮。一起挪进饼铛里，等下面的饼脆了就换另一面煎，煎到另一面也黄了，菜丝也焖熟了。把上面那层饼垫到下面，再像叠被子一样把饼叠起来就好了。

看了三年感觉我也能做。

边缘的饼酥脆，就像饼干一样，中间的饼温温柔柔包裹着菜，菜渗出的汁水让饼皮也变得柔软，但不失坚韧。

一口咬下去，眼镜上起一层雾，心里浮现出踏实的感觉。

其实学校周围卖饼的很多，手抓饼、芙蓉饼数不胜数，老板的店虽然小，但是始终干干净净，饼做得也漂亮，没有什么花里胡哨的东西。什么颜色不明的酱汁，香气强烈的配料都没有，简简单单一盆菜丝，加点盐，最多一点辣椒粉就好了。

我向来不太信任学校边小店的什么香肠、炸串，总想着，也许那些端端正正摆在台子上的肉制品昨天就已经见过我了。

简单一盆菜倒是让人更放心。

老板也比别人讲究一点，总是戴着一副一次性手套，衣服干干净净，戴顶棒球帽，等到了冬天就换成毛线帽。

手脚麻利，手里的铲子咔嚓作响。用一把大到夸张的砍刀将饼切成两半，装在两个纸袋里，再套进塑料袋中，双手递给在门外等得饥肠辘辘的我们。

两三年前我对老板双手递塑料袋的印象还是很深刻的，现在好像已经往事如烟了。

我刚从深圳回来的时候，把行李箱寄放在北门的岗亭里就去买菜煎饼了，老板看我只穿了一件短袖，就快马加鞭地做了一份，做好之后还催我："快回宿舍吧，回去再吃，别感冒了。"

总之老板是一个很可爱的人。他和他的小店一样，有浓郁的生气，每次站在门口听到音响里大嗓门的欢快音乐，看见墙上大红色的窗花我就有一种回到"安全之地"舒坦的感觉。

桂花落了

　　以前总是看到老板用饼铛和铁板轮流做煎饼，有的时候还忙不过来，等个十几二十分钟是常有的事，今年回来倒是确实冷清了不少。老板的副业也多了起来，架子上摆着鸭货店的卡片，门口摆起了水果。

　　他说今年以来生意差了很多。

　　想来也是，开学以来开校总共也没有一个月。学校周围的小饭店一家接着一家地开，一茬接着一茬地换，新开的店总是要搞得锣鼓喧天一番热闹。菜煎饼店自然只能窝在小宾馆楼梯下的小空间里默默地消耗燃气罐里的燃气。

　　吃老板的菜煎饼已经三年了，我一直把北门外有菜煎饼当成理所当然的事情，没有想到老板会有干腻的一天。虽然这三年里也时常背叛菜煎饼，转投别的不知什么粥粉面饭的怀抱，但是一想到以后吃不到，还真有点怅然若失。

　　觉得时间过得很快。

　　我已经大四了，同学考研的考研，保研的保研，要找工作的找工作。各自奔赴自己明亮，或甚至连明朗都谈不上的前程。来来去去的也是我们。

　　《倾城之恋》里流苏叉着腰说："你年轻么？不要紧，过两年就老了，这里，青春是不稀罕的。他们有的是青春——孩子一个个地被生出来，新的明亮的眼睛，新的红嫩的嘴，新的智慧。一年又一年地磨下来，眼睛钝了，人钝了，下一代又生出来了。这一代便被吸到朱红洒金的辉煌的背景里去，一点一点的淡金便是从前的人的怯怯的眼睛。"

你年轻么？不要紧，过两年就老了。

今天晚上出来散步又顺路去吃煎饼，我们刚好带着相机出来拍照。我和悦悦打趣老板说，专门来拍他的菜煎饼，让他有点信心，别转让了。

他抬头看了我们一眼，说："大概还有十天就转让了，已经谈好了。"

我们啊了一声，十分失望。

悦悦问："那以后我们就吃不到了？"

老板说："哎，那我尽量让接手的人也做菜煎饼吧，我教他。"他又说："你们也拍拍我这煎饼，毕竟也七年了，去你们学校网站纪念一下。"接着又说："拍煎饼就好了啊，别拍脸。"

我们时不时闹他说拍张脸吧，老板一边说不行不行，一边问："那要去路边拍吧？这店里也不好看啊。"

在回学校的路上我和悦悦东一搭西一搭聊天，我说："你觉不觉得今天的煎饼有点太咸了？"

悦悦说："确实有点咸了。"

也许今天老板光顾着聊天，分心了吧。

利津水煎包

在那天下午之前，我不知道水煎包在利津人民心里是那么重要的存在。

我们上午十一点半就到了包子铺前，结果被圆头圆脑的老板告知，想吃包子，要等一个小时。

店里就只有一口大锅，一锅能煎六十个包子，一次要二十来分钟，每个人都至少买半锅带回家吃。

人也不用站在那里排队，老板把电话和数量记在一个小本子上，做好了就打电话通知来取。

所以看着店里空空如也，一问就是要等一个多小时。

我们徘徊了一圈，想去别的店里看看，结果都要等半个小时起步。

这可不是北京三里屯的奶茶店，这是利津镇上，黄尘滚滚的大马路边的小店铺。

悦悦爸爸带着我们先去黄河大坝边上转转，打发时间，结果半路上车轮被一个石墩子卡住了。

我们跑去一家火烧店借铲子，悦悦的爸爸硬是把石墩子从地里撬了出来，又在周围越聚越多的人的热切关注和七嘴八舌的指导之下，用几块砖头和一根树枝把石墩子顶到了一边。

虽然十一月的山东是很冷的，他的头上亮晶晶地滚满了汗珠。

悦悦说，这样就能多吃几个包子了。

于是，黄河大坝也没有看成，我们饥肠辘辘，闻着火烧店里香喷喷的面味儿，灰头土脸地回到了包子铺。

石墩子都从地里拔出来了，我们的包子还没下锅呢。

刚好给我留了充裕的时间观察水煎包是怎么做的。

别看包子铺小小破破的，总共就两个房间大小，需要的人手可不少。

一个人负责擀皮，一个人负责包包子，每个包子放冒着尖儿的一瓷勺韭菜，再用筷子尖旋一小块肉，这就是水煎包的馅。

装韭菜的盆直径快一米长，给小孩子洗澡是绰绰有余的，大妈说一天能包完四五盆这样的韭菜，足有两千多个包子。

桂花落了

一边放着的那个肉盆，相比之下就有些寒酸，不过水煎包和拳头差不多大，两块钱一个，还有这样一小坨肉吃，不能太贪婪了。

还有一个老师傅负责烧火和煎包子。

这里的灶台用的都是木柴，店里堆了好几捆劈好的柴，只有这样才能维持这一口大锅熊熊燃烧一整天。

包好的包子都整齐地放在一个瓷盘子里醒着，等待着锅里的包子出锅，它们就被老师傅用两根手指提溜着，稳稳地坐进锅里。

每个包子上都有两个被手指头按进去的印子，就像是这家店的防伪码一样。

六十个大白胖子都在锅里码放整齐之后，师傅调好一碗和了油的面粉水，把每个胖子的光头都淋湿，淋得它们晕头转向。

然后趁它们不注意，把盖子盖上，等到锅里的水开了再把盖子打开，把包子翻个面，让两面都能被煎到。

靠锅边那一圈的包子是最好吃的，因为能被煎到四个面，比别的多了几分焦香。

翻好面之后再加一碗水，盖上锅盖安安心心地煎二十分钟。

悦悦说，水煎包其实不是被煎熟的，是被焖熟的。所以口感比较嫩滑，整个包子都是油润的。

老师傅的功夫也是很厉害，他控制着锅里水分和火力的配比，每一锅包子出锅的时候，底部的水分都被烤干了，却没有煎焦，结出了漂亮焦黄的嘎渣儿。

"嘎渣"，是利津人对一切变硬了的面食的总称。面粉水在包子底下结出了棕色香脆的晶花，把整锅白胖子都连接在了一起。

点菜的小伙子把包子六个六个铲出来，倒放着，防止油汤漏到嘎渣儿上，让它失去香脆的筋骨。包子里的汤汩汩地顺着缝隙流出来，在白色的瓷盘上留下一摊温热的油渍。

要是有人吃包子的时候不先吃一口香脆的噶渣儿，那他城府太深，不可深交。

包子底又香又脆，边吃边有汤渗出来。包子的上面却软嫩异常，比蒸包子绵密了不少，是一种很独特的口感。

悦悦说，她小时候，一个水煎包只要三毛钱，而且是待客或者一家人下馆子的时候才会去吃的。

水煎包满足了所有关乎美好生活的向往。

利津土地贫瘠，盐碱地多，种不出太多的小麦和大米，最早的时候只能把红薯和玉米当作主食。二十一世纪初的时候，做水煎包的白面，更不要说还是发面，是多么美好的东西呀。

简直和吃红烧肉一样美好。

而且在北方，韭菜几乎是专属于饺子的蔬菜，饺子就是过年，或者离别的代名词，悦悦说，每次她回学校

之前，她妈都要给她包一顿饺子，四点多就起床准备了。

要说到待客，水煎包更适合了，有荤有素，一盆包子顶一桌子菜。而且油大，那可象征着富裕。包子皮上油水盈盈，明里暗里表示了主人家的热情好客。

这让我想起我爸刚来深圳的时候，看别人吃五毛钱一包的泡面，馋得不得了，感觉深圳真是一座洋气十足的大都市，毕竟在江西的时候，他们只吃五分钱一份的水煮豆芽。

现在的水煎包已经不是多么了不起的精面大包子了，但是利津人依旧在水煎包的铺子面前排起长队。二十年早已倏忽而过，但他们的胃口已经被打下了当年的烙印。

海鲜、豆丹和毛蛋

在连云港的第一个晚上，我就被这里生猛的饮食吓了一大跳。

虽然说是半个北方，连云港的大排档文化还是非常风行。就算是天气冷了，支个透明帐篷在室外，再开上几盏加热灯，坐在室外比室内还热闹。

在大排档吃海鲜是没有菜单的，鲜活的海鲜排成一排，放在大排档的前面，濑尿虾在盆子里蹦跶，章鱼彼此纠缠，难舍难分，海星颜色灿烂地堆叠在一起。

食客看着海鲜点菜，想吃什么做法就怎么做。

别看大排档看起来土里土气，店里面还藏了一整面墙的精酿啤酒柜。实在是"催人峰回路转地颓废"。

75

靠海的地方对海鲜的处理总是简单的，小八爪鱼切开，用水汆完过个冷河，混着简单的调料凉拌一下，吃的就是那股鲜甜的味道。

要不干脆连切都不切，整个卤熟，咬下去一口爆浆。

海肠就炒韭菜吃，炒完端上来，碗底盈着一汪澄澈金黄的汤汁，海肠娇弱的身躯就在其中游荡。

调味并不多取巧，也不复杂，只有落落大方的鲜味。

还有连云港的特色——沙光鱼，这种鱼肉质又软又嫩，还带着些许甜味。只在黄海咸淡水交界的位置生长，而且在水里凶猛异常，最喜欢吃海蚂蟥。别看它威风，但是一年一代，从来也长不大。

相传"十月沙光赛羊汤"，我刚好赶上沙光鱼最肥美的季节，鱼肉嫩得像豆腐。

吃到这里，只是一顿好吃但普通的海鲜，属于连云港的夜生活还没有拉开帷幕呢。

酒过三巡，大排档的餐桌之间出现了一个抱着白色泡沫箱的身影，原来是卖毛蛋的。

毛蛋，让不吃的人闻风丧胆，甚至看也不忍心看一眼。喜欢的人爱不释口，奉为下酒良物。

我从来没有尝试过，但是广东人嘛，无所顾忌。

毛蛋从箱子里拿出来还是滚烫的，吃毛蛋要先喝汤，从鸡蛋大的那头敲开，还未完全成型的毛蛋周围有一口汤，要是一颗毛蛋值五块钱，那口汤就值四块。

那口汤和海鲜类似，味道只能用鲜来形容，而"鲜"

到底是一种什么样的感觉，谁也说不出来。

喝完汤之后，在毛蛋上撒一层椒盐，一口从头吃到尾，只留下蛋尖头上的那块坚硬的蛋白。

毛蛋比鸡蛋吃起来鲜嫩得多，听说吃多了不好，那也没有关系，别人吃了不好，我们吃了无妨。

等夜再深一点，每个大排档里都出现了拖着大大的音响和话筒的流浪歌手。

他们一般两人搭档，一个人唱歌，一个人拿着歌单四处游走，哪桌点了歌，他们就站在哪桌前唱歌。唱得无所谓好坏，听歌的人就为听个热闹。

歌声此起彼伏，每个歌手都铆足了劲盖过远方的歌声。

这桌唱完了，他们就拖着大音响走向下一个桌子，那个带轮子的音响就像是他们流动生活的注脚。

木心说："做生活的导演，不成。次之，做演员。再次之，做观众。"他们主动做演员，比我们这些坐在桌子边上，手旁肉山狼藉的观众还要好一些。

大排档不远处就是连云港鼎鼎有名的小吃街盐河巷，一个转角的漆黑巷子里有一个很大的夹娃娃机，夹娃娃机里是一个大水族缸，缸子里养着一缸龙虾。

这可真是沿海城市的娱乐活动啊。

后来我们去了一个相对偏僻的小岛，叫羊山岛。

在岛上的礁石边抓了很久的小螃蟹，在沙滩上看到了很多它们刨出来的小沙球，却笨手笨脚地没有抓住几只。

桂花落了

77

还在沙子上找到了小海葵，只要碰一下，根须就瑟缩回沙子深处。

礁石上覆着密密麻麻已经死去的小海蛎，海浪轻轻地推着岸，海水澄澈，把天边也洗得很干净。

不远处的礁石上有一个老人在钓鱼，其实他隔得并不远，只是因为天地辽阔，海蓝深邃而显得格外远，格外小。

那根细细的鱼线扯动整片大海的波澜，岸上的身影显得很孤寂。

11月份的连云港还没有完全冷下来，海风也温柔。

我们在羊山岛玩得忘了时间，以至于临时决定在连云港多留一天，最后去羊山岛也晚了，只是赶上了一场平静的日落。

准备走的时候，刚好遇上渔船归岸。

岸上有一辆起重机在轰鸣，把已经装好袋，用铁链捆好的海蛎子从船上吊起来，划过一条弧线，放在早就准备好的货车前，货车里满是冰块。

真不知道这么新鲜的海蛎子会被运到哪里去。

岛边有一些小饭店，店里简单备一些海鲜，要是缺了什么食客想吃的，老板就披上衣服去隔壁海鲜市场买回来。

我们点了一个海葵煮汤，真是鲜美异常。

这里所有的菜都坚持大巧不工的基本烹饪原则，最新鲜的海货嘛，要的就是有山河湖海的味道。

最让我叹为观止的是一盆简单的韭菜炒白虾。

虾肉嫩得不像话，却也不失紧致。咬下来的虾头也不要浪费，嘬一口里面的虾脑，真是浓郁。好像一下子读完了这只小白虾在礁石间躲躲藏藏的一生。

老板还帮我们去市场买了几个巴掌大的生蚝和海螺，在白水里烫熟之后蘸着姜和醋吃。

同行的叔叔咬开之后，在海螺的胃里找到了一只小螃蟹。可想而知，海螺有多么大了。

这些海鲜其实说不上很特殊，除了沙光鱼之外，别的海鲜几乎沿海城市都有，而在临走前的晚上，我却吃了非常独特的一餐。

早在来的第一天，就听带我玩的姐姐说起连云港也有吃豆丹的习惯。之前胖虎总是和我说起山东的豆丹，我好奇了很久，这次终于有机会一试。

豆丹，就是吃豆子长大的大青虫子。

本地人告诉我，做豆丹的餐厅会在夏天的时候在餐厅前面架起一张桌子，由厨师用擀面杖把豆丹从青色的外皮里面擀出来。做菜只用里面的肉。

广东人嘛，百无禁忌。

说吃豆丹之前一点恐惧都没有那是假的，豆丹只比我的小拇指瘦小一圈，青白色的身上还留有一些纹理。

不过恐惧之余还有一点期待和好奇，人就是一个这样复杂的动物。

苏北的饮食和山东很相似，山东也吃豆丹，不过连云港灌云县的豆丹却特别出名，堪称城市名片。

豆丹的料理味道要重，一般都是烧菜吃，配青菜或者丝瓜，即使是这样也能吃出一股豆制品的味道。口感也是绵绵软软的，可以称得上嫩滑，吸足了汤汁。

本地人说，吃豆丹一定要喝汤，汤里才是精华。汤拌着豆丹，像是一碗豆腐脑。

对于一个初次尝试的外地人来说，豆丹不算好吃，也不算难吃，只能说是一种独特的体验。

豆丹和毛蛋一样都是要鼓起勇气才能尝试的东西，就像别的很多需要鼓起勇气才能做的事情一样，都值得去试一试。

虽然基本上每一个连云港人都在和我强调，连云港是一个没有什么特色的地方，但是其实这是一个多么生猛，多么有烟火气的城市呀。

羊筏子和白水羊眼的滋味

张掖的夜晚开始得很晚，八点多天空还带着亮光，于是饭也吃得晚，10点多钟才吃得嘴角流油好像也不是什么奇怪的事情。

张掖的晚上，我们把全部时间抛洒在烧烤摊上。

到了西北，哪有不吃牛羊肉的道理，吃牛羊肉哪有不吃烧烤的道理，吃烧烤哪有不吃烤腰子的道理。

我们每天至少一串烤腰子，吃到满嘴流油，膻气逼人。

西北的烤腰子真好吃，嫩得不行，外面的一层油肥却不腻，是羊腰子的楷模。

81

后来，我们不再满足于这些普通的货色，尝试了一些闻所未闻的东西，比如说羊筏子，还有一整个羊头，甚至羊眼。

羊筏子，是把羊的内脏都切碎了，搅和在一起，连着羊血一起灌进羊肠里，煮熟了之后切成片，在铁板上烤到外面焦脆。

铁板上来的时候，里面的油还在咕咕冒着泡。因为里面放了羊血，肠子是黑色的，被这么一煎更是显得黑乎乎的一片，卖相有点惨淡，撒在上面的辣椒粉像是黑夜里的星光闪烁。

味道嘛，真难形容，没有什么可以类比的味道。

肠子的外面是脆的，各种调味料的味儿抢占了风头。细细嚼了几下之后，里面软软的内脏夺回了主场，那是一种复杂、陌生的内脏味儿。

味道香臭混杂，口感软与脆也混杂。

真是要亲口吃吃才能知道到底是什么样的滋味。

羊头，也是桌上的重头戏。

先是一整个羊头在汤锅里煮熟，之后再由店家把羊脸上的肉都拆下来，和青椒、洋葱之类的配菜一起炒成一碟菜。

那剩下的羊头呢？已经无肉可吃可以直接丢掉了吗？

这就取其糟粕去其精华了。

羊头上最好吃的就是藏在里面的羊脑和羊眼。店家把羊脑一劈两半，白惨惨地端上桌，唯一的调味就是撒在羊脑上的盐。

羊脑和猪脑味道很相似，不过寡淡一些。

要不说西北的羊是真的好吃呢，平时火锅里涮的猪脑还要配上辣椒面才好吃，这里就是有底气在清水里烫熟就端上来。

羊眼嘛，就很奇妙了。

以前看电视里别人吃烧烤某某眼，总有点不能接受。平时甚至连鱼眼滑溜溜的感觉也让我觉得有点可怕。

但是来都来了。

带我们吃饭的哥哥说，他们平时一群人在一起喝酒，羊眼是大家都要抢着吃的东西，那口感，像是蹄筋一样有嚼头，味道却要丰富上很多。

羊眼最好吃的部分是连着眼睛的那根筋，看起来细细的，但嚼劲十足，又韧又糯。

我很迷恋这种口感，就像在成都吃的老妈蹄花，明明没有过多的调味，单单把猪蹄炖得软烂，落胃却格外熨帖。

长沙的耙鸡爪也有异曲同工的妙处。

只是这羊头是白水煮的，多少有点膻味，这些零部件的膻味儿又格外重，形状也依旧轮廓清晰，要是烧烤着吃还不容易察觉，这样清汤寡水地吃，多少有点犯怵。

羊头和鸡架的意思差不多，都没有多少肉，但是这么一通料理，也让人吃得有滋有味。

　　烧烤店里一般都有免费的羊汤喝，羊肉都被剔下来烧烤了，店家剩着骨头也没用，干脆都拿来炖汤。

　　和饺子店里任喝的面汤差不多意思。热气腾腾地落到胃里，冲淡了夜色和啤酒的凉意。

　　吃完了晚餐，衬着星光回房睡上一觉，又到了吃早餐的时候。

　　到了西北，那必然要吃面。

　　这里的牛肉拉面居然真的有牛肉，不像全国各地的兰州牛肉面，里面象征性地飘着几片以毫米为单位的肉片。

　　不仅肉给得大方，各种小菜也多，甚至还附赠一颗卤蛋，简直让人受宠若惊。连碗也大上几号，说实话，称之为碗都算是失敬，要说是"盆"才合适。

　　像我这种小鸟胃（有争议）的人，一顿能嘬完三分之一，已经要捧腹而出了。

　　辣椒油也妙得很，辣味淡如水，全是干辣椒用油煸出来的干香。加上厚厚的一层辣椒油，再多多加醋，这碗面就算是活起来了。

　　筷子还没动呢，香味直往肚子里钻。头一低，又热又香的蒸汽扑上了眼镜，虽然眼睛被蒙住了，可是鼻子和嘴巴停不下来，已经把面条吸得山响。

　　我们南方人都说吃面，北方人会说喝面条，指的大概就是这种把面条行云流水般地吸进嘴里，匆匆嚼两口就吞下去的动作吧。

张掖的夜晚开始得很晚。

　　早上的面馆里，此起彼伏的吸溜声不绝于耳。红色的辣椒油溅在桌上、衣领上也没人在乎。

　　我觉得要评价一家面馆好不好，只要站在门口偷听一下里面有没有气壮山河的嗍面声就行了。

　　早上喝的甜醅子也很妙，甜醅子很像酒酿，但不是用糯米做的，是用青稞酿成的。

　　相较于口感比较单一的糯米，青稞的外面没有去皮。所以咬下去的时候很有嚼劲，要先咬破外面的一层皮，里面酿得又酸又甜的米粒才能被吃到。

　　这一碗甜醅子既像甜品又像主食，一下子把人从牛肉面实实在在的咸香中拽了出来。我被这酸味一刺激，好像又有了埋头于面碗前，多吸溜两口面的胃口。

　　虽然说敦煌人很是看不上张掖的杏子，但是张掖的杏皮茶也挺不错。杏皮茶是用杏干加糖熬出来的，和甜醅子一样，都是酸甜口的，大概是为了解面食和肉类的腻味吧。

　　出发去敦煌的那天早晨，我们慕名去了一家开了几十年的牛肉小饭馆，去之前我思考了很久，什么是小饭呢？难道早上吃面还不够？还要直接吃顿饭了？

　　那天早上，我们从一个很小的门头钻进了饭馆，一进门就看到一个如门神般的大爷，坐在小板凳上腰板挺得笔直，手里拿了个大锅铲在一口很大的锅里搅动。

　　没有菜单，只卖牛肉小饭，只有大小碗的区别。

　　下了单，大爷就从大锅里舀出一勺连汤带面的小饭，最后再在碗里点缀性地撒上一点卤牛肉。

他放肉的动作非常克制。

这小饭端上来一看，里面的东西可真不少，有切成米粒大小的面疙瘩、粉条、豆腐。看起来像是一锅大乱炖，很符合北方人的饮食习惯。

对我而言，牛肉小饭说不上特别好吃。

汤是牛骨头熬出来的，味浓且咸，料足顶饱，吃了之后半天都不带饿的。而且有汤有面，它们搅和在一起连滚带爬地被"喝"下肚，几分钟的工夫就把人喂饱了。

据说这是一家久负盛名的牛肉小饭店，虽然我作为一个南方人，胃口难以接受大杂烩一般的早餐，但是一碗热气十足，带汤带肉，还内容丰富的小饭只要6块钱，也难怪街坊们，尤其是不赶时间的大爷们这么青睐这里了。

要知道，6块在北京也就买块烙饼，只卷片生菜，连土豆丝都不夹。

张掖的早餐都很实在，不像南方的早餐有那么多花花肠子，一张薄到透光的面皮上蜻蜓点水抹点肉丝，看着挺大一碗，吃完之后不到一个小时又饿了，多么虚伪。

在这里，什么好看、精致都是次要的，也没人花那么多功夫去琢磨各种花里胡哨的早餐类别，大街上的各种小饭馆的主要差别，在于是张家、李家、王家、杨家，反正后缀都是"面馆"。

这些都不重要，最重要的是迅速让人吃饱，有精神头迎接漫长的一天。

鸭脚煲是餐桌上的日出

广西菜大大咧咧的，和颇为讲究的粤菜不同，和追求"淡"的江浙菜更是背道而驰。

碗里的菜，最先让人想到热闹二字，闹哄哄地群起反抗生活的平庸和乏味。

梁实秋把一碗清可鉴底的面形容成"像是美人头上才梳拢好的发蓬，一根不扰"。

这碗面简直变成了一个可人。

如果也要把广西菜比喻成人，那一定是一个不修边幅，有一把子蛮力的小伙子。

从早上开始，点上一碗米粉，粉里虽没什么肉，但一旁的架子上摆了五六个大碗，里面放着各种小菜，酸豆角、榨菜、酸萝卜、酸笋、香菜。

听到"酸"字，我这巴普洛夫的狗就不自觉开始流口水了，胃口被完全打开，连粉里的汤都喝到见底。

早餐店里还提供免费的汤底喝，一闻就是鸡骨头熬出来的，加了大量白胡椒，又鲜又热辣，装在一个保温桶里。

谁都可以打开下面的水龙头就盛上一碗，喝得满头大汗。

小菜是酸的、辣的还不算，连水果也是酸辣的。

街边小店摆着一排排塑料箱子，里面泡着各式水果。甚至还有青椒、芹菜、彩椒、白菜、莲藕，水里还漂浮着红彤彤的朝天椒。

泡着的水果也千奇百怪，从水果胡萝卜到杨梅，还有被撒上了一层辣椒粉的番石榴。

这酸嘢真是又酸又野。只要广西人目光所及之处，都是辣椒的领土，酸辣味的统治范围略大于整个宇宙，一时之间让人沉醉不知归路。

阳朔的街头被五颜六色"某某啤酒鱼"的招牌充斥，好像每一家都各有独门绝技，其实也未见得有什么特殊之处。

吃了好几家啤酒鱼之后，我们得出结论，吃完鱼肉之后，在浓郁的底料里下一把青菜和面才是绝味。

而鸭脚煲，是藏在角落里的扫地僧。

89

我对于别的食物左右张望的，轻浮的喜爱，在吃到鸭脚煲的那一刻就完全聚集在它身上了。

甚至连螺蛳粉也如黎明的码头般被遗弃。

鸭脚煲嘛，最重要的就是鸭脚。鸭脚先用油炸过一遍，完全松弛了，又软又韧，只要用嘴轻轻一抿，肉就从骨头上脱落了下来。

而且油炸让鸭脚表皮膨胀了起来，因此吸满了汤汁，热辣滚烫，辣油随着嗦鸭脚的动作，直接冲入喉咙里。

煲里还放了炸过的荔浦芋头，里面软糯松弛，外面焦香浓郁，比没有炸过的普通芋头少了一些笨重。

当然还少不了酸笋，广西菜里总是少不了它，只要放上酸笋，一道菜的精神就有了，就支棱起来了。

每个桌子上都放了一瓶醋，醋要放足，味道才好吃。我猜生意好的店家，每天每个桌子上的醋都要换几瓶吧。

剩下的一些配菜，都只是陪衬，我只顾着直勾勾地盯着泡在汤里的鸭脚了，哪有工夫顾得上别的小菜。

来广西之前，依靠着烧饼交际花般的社交能力，我们认识了一个来自广西的狗友。他妈经常从家里给他寄炸猪蹄和酸笋。

一来二去熟悉了之后，我们也吃到了他妈做的炸猪脚，从此之后一发不可收拾，一段时间吃不到，就要痴痴地想念。

猪脚煲和鸭脚煲基本上是一样的东西，做起来也特别简单。

腌在坛子里的酸笋切成大块，放一个西红柿、几个泡椒，再简单调味，只要半个小时就炖好了。

猪脚的皮比鸭脚更厚，炸过之后肥腻都消失了，皮上的小泡泡吸满了酸辣浓郁的汤汁。

猪脚的胶质又让汤变得异常浓稠，光是下大白米饭就能吃光两三碗，吃到捧腹，还意犹未尽，恨不得把汤放进冰箱，留着第二天煮面吃。

这是对一道菜多么崇高的赞扬啊。

桂花落了

不要忽略一些细碎的属于生活的美好存在。

第二辑

02

月亮走，我也走

和丹顶鹤一起去盐城过冬

盐城是一个籍籍无名的城市。

几年前我在纪录片里，看到一片广袤湿地里飞翔的野鹤，还有草丛里奔跑的鹿群时，以为盐城在西北或者西藏，没想到就在咫尺之遥的苏北。

去盐城，就是为了去海滨的保护区，从北至南有丹顶鹤保护区、麋鹿保护区、黄海森林公园和条子泥滩涂。东部的滨海城市，还有什么地方有如此得天独厚的自然条件呀。

到盐城的第二天，我就出发去了丹顶鹤保护区。

丹顶鹤保护区离市区有些距离，开车要一个半小时。盐城的这些景点交通都不方便，虽说有公共交通，但是

时间长，班次也有限制。

要是不开车的话，实在是很折腾，动辄就要一个多小时，而且吃饭住宿也都不近，人烟稀少，所以两个哥哥姐姐开车带着我逛，省下了很多麻烦。

保护区就是一片很广阔的湿地，路的两侧都是长到一人多高的芦苇丛。

刚好从十月份开始，丹顶鹤和各种候鸟从东北，甚至西伯利亚飞到盐城过冬，第一批候鸟先遣大队已经落地了。

丹顶鹤从北往南飞要花四个月的时间，而在春天从南往北飞只需要两个月，据说是因为冬天在沿途的大小湿地走走停停，不时落脚休息很悠然自得，而在春天，繁育本能催促着它们尽快回到北方繁衍下一代。

说实话，在保护区里要找到野生丹顶鹤并不容易，可以说完全靠运气，毕竟保护区占地面积四百多万亩，它们随便往哪个芦苇丛里一钻就不见踪影。

我们只看到了一些野生东方白鹳和白鹭。

野鸭子倒是成群结队，相传有几万只，密密麻麻地在湖上游动。

保护区人少鸟多，鸭子根本不怕人，悠闲地在岸边散步，有的站在桥上抓耳挠腮，有的一头扎进水里抓鱼吃，更多的在浅滩的芦苇丛边游荡。

和鸭子不同，鹤和鹳是非常优雅的动物，细腿纤纤，长颈弯弯，在浅滩里行走的时候总是细腿高抬，挺胸抬头。

时不时抬头引吭高歌，一只鹤鸣叫起来就引得鹤群一同鸣叫，声音洪亮又凄厉，怪不得有风声鹤唳这样的形容词。

鹤的叫声简直能把天上薄薄的那层雾撕扯出一条裂缝。

它们鸣叫的时候会把脖子伸长，直直地朝天空鸣叫，在秋冬之交，万物凋零的湿地里，颇有一种凄冷的意味。

无人不知的那句"黄鹤一去不复返，白云千载空悠悠"其实说的也是丹顶鹤。幼年丹顶鹤完全没有丹顶，浑身上下灰扑扑的，毛色发黄。

来年再飞回来的时候，黄毛褪去，浑身上下变得雪白。所以古人才会留下"黄鹤一旦飞走就再也不会飞回来"的印象吧。

鹤在中国文化里的地位不言自明，鹤发童颜、鹤鸣九皋、闲云野鹤、鹤立鸡群，这些词语都用鹤代指高雅。亲眼看到它们形单影只，缓慢地在浅滩行走，偶尔展翅欲飞的样子，立刻就能明白为什么古人对鹤如此青睐了。

而且鹤的寿命也长，有将近六十年，因此被称为"仙鹤"，大概也是为什么那些归隐的闲人总是喜欢用鹤自比，写些意境清冷的，"鹤老松孤，泉寒石癯"。

按照古时候的平均寿命，搞不好鹤能送人走。

观鹤不像漫无目的的观鸟那样简单，要是运气不好，或是季节不对，怕是一只鹤也看不到。

不过保护区的食物充足，外界干扰也少，所以有很

多别的鸟类干脆留下，赖在盐城养膘，再也不走了。

半个月之后，我顺着候鸟迁徙的路径北上，回到山东，在东营的黄河入海口保护区试图找丹顶鹤的身影，也是无功而返。毕竟黄河入海口的湿地面积实在是太巨大了，我们坐着电瓶车从最深处的黄河边开到保护区入口，用了差不多一个小时。

在浩如烟海的芦苇丛里只能看见零星的灰雁，别的什么也没看见。

好在这些景区为了避免游客失望而归，养殖，或是收养了一些受伤的鸟类。

在丹顶鹤保护区还有定点的放飞。鹤从笼舍里被引出来之后，在草地上助跑几步就展翅翱翔，边飞边鸣叫。它们的身姿真是好看，身形高大纤细，翅膀又宽又长，翅膀扇动就像波浪的涌动。成群结队地向天际飞去，逐渐变成一个小点之后，远远地盘旋一圈又飞回来，纷纷落在草地之上。落地之前翅膀要重重地扇几下，用弯曲的长腿"砰"一声落在地上。

也许是冲击力过大，落地的瞬间它们跟跄几步，翅膀和头一起指向天空，羽毛被风吹得凌乱，就像是在舞蹈。

难怪有人留下"始连轩以凤跄，终宛转而龙跃""惊身蓬集，矫翅雪飞"这样的诗句。

笼舍里除了鹤，还有一些别的鸟类，只是相比之下连白天鹅也相形见绌。

工作人员说，之前麋鹿保护区给过他们一群麋鹿，结果麋鹿顶开铁丝网全跑了，现在在保护区深处变成了

去盐城，就是为了去海滨的保护区。

一群横行霸道的野鹿。

这里也是那首广为流传的《丹顶鹤的故事》的发生地。要是 1987 年徐秀娟没有为了找小鹤泅水而亡，看到现在鹤舞翩翩的样子，一定会很高兴吧。

雨夜里的玉蝴蝶

毫不讳言地说，湖南之旅待我们可太薄了。

天门山逼人的寒气和大雾还像猪油一样蒙在眼前，我们又风雨兼程，一头扎进了芙蓉镇的夜雨。

去芙蓉镇，就是为了《芙蓉镇》，这部克制又大胆的电影让这个原本叫王村的无名小山村声名远扬。

三十郎当岁的刘晓庆实在是妖娆得不像话，美到让人不寒而栗。

只是那个在八十年代被赋予无限深意和复杂性的芙蓉镇，现在变成了一个热闹喧嚣的景点。

高高低低的山路上挂着琳琅的小店，客栈民宿一间

接着一间，酒吧灯火通明，骰子声此起彼伏。从一个半山腰望向另一个半山腰，半侧的山上灯火摇曳，辉煌得中规中矩。

帮我在厕所里杀死一只蟑兄之后，云哥打开自己的房门，一只壮硕的蟑兄扑面而来，用他的话说，那只蟑兄"打眼一看以为是小乌龟"。

来都来了，雨再大也要出去走走看看。

我们在雨中像是两座被青苔淹没的废墟，拖着脚步在逼人的寒气里往前走。

湖南这场下了一个多月的细雨，从我们的身上偷走了夏天。

一路上灯火通明，亭台楼阁都有模有样，虽说都透着一股过度端正和崭新的气息，不过这都不重要，唯一的重头戏是挂在一整面山崖上的瀑布。

水声隆隆，气势磅礴。

我们远远地站着，浑身上下就披上了一层雨雾。

近处的枝枝叶叶变成了黑色的剪影，对面的山腰上遥遥地亮着灯光，层层叠叠的吊脚楼被湍流的水帘遮掩着。

瀑布里面也被打上了灯光，灯火顺着水流流转，月光也移动。

云哥一个箭步蹿进了瀑布背后的小路，那厚实的背影，像极了一只抓耳挠腮的泼猴。

芙蓉镇是不是真的古镇另说,起码瀑布是货真价实的。

回客栈的路上，我们偶然路过了 113 号米豆腐铺，说是当年胡玉音的铺子，但是稍微动下脑子就知道其中的联系不能说是藕断丝连，可以说是毫无关系。

那时已经夜里一点多了，我们拿出刚买的米酒，就着昏暗的灯光在油腻腻的桌上吃了一甜一咸两碗米豆腐。

味道平平，口感软烂，像一头扎进沼泽里。

第二天我不死心，换了一家店又吃了一次，是别无二致的难吃。

云哥说："你不是吃了豆腐西施的豆腐吗，难道没吃出什么特别的味道？"

我说："豆腐西施，豆腐是定语，西施是中心语，重点恐怕在西施吧。"

云哥画龙点睛地评价，这碗米豆腐只有雪中送炭的能力，没有锦上添花的效果。

蹚过无数个水坑之后我们回到客栈，我在阳台的黑暗里听了很久的瀑布，连雨声都被淹没了。

因为懒散，因为贪恋普鲁斯特所说的"床上醒来时谋些甜蜜的无所事事"，第二天我枕着窗外涓涓的水声缓缓醒来，去找已经辛勤工作一个早上的云哥出门转转。

白天的芙蓉镇依旧被大雨包围，瀑布失去了夜色的保护之后，依旧水流湍急，但是少了些夜里水汽弥漫的朦胧美。

　　这种微妙的差距像是刚刚出浴的美人和正襟危坐的美人之间的距离，前者又像是《洛丽塔》里亨伯特第一次见到在草坪上趴着，被水汽打湿身上薄薄纱裙的洛丽塔那样惊为天人。

　　天上依旧飘着雨，我们在这样的雨里，吃了客栈热情似火的老板娘送的猕猴桃，启程去凤凰。

　　云哥看着老板娘在屋檐下，看人来人往，车来车往的背影，说有点羡慕这样的生活状态。

　　我看他不过是得不到的全部都想要。

　　湖南人的霸蛮体现在生活的方方面面。

　　我们在芙蓉镇汽车站明明买了票，却因为没有挤上车而眼睁睁地看着通往凤凰的大巴绝尘而去，留下我们两个人在雨中迷惘的身影。

　　云哥说："你往上冲不就好了，就看你躲在最后面。"

　　我心里暗骂，那是他没看见一个个身手矫健的大妈脚下生风的样子，其中一位一把搂住半边车门，吆喝了同行的一群姐妹上去之后，才云淡风轻地从我面前撤身离开。

　　这还不算，冲上车之后，天女散花一般把手里的包包、雨伞丢在方圆一米的座位上，让你远看误以为是空位，兴冲冲跑过去却发现其实命运早就在暗中埋下了伏笔。

　　前面偶有几个零散的座位，我想着往后找找说不定有更好的，结果连前面的位置也被后来者抢占了，让人扼腕叹息每走一步都是一场豪赌。

我不禁感叹，夕阳红，真红啊。

晕头转向绕了一大圈之后我想起来，不对呀，我们买了票的，结果买了票也没用，屁股在座位上盖的戳比车票管用。

最后只能灰头土脸把行李搬出来，回到雨中。

最后一通折腾之后，我们还是踏上了通往凤凰古城的路。

懒惰不请自来，外加磨蹭，等我们慢慢吞吞进古城里已经十点多了。

恕我直言，中国大部分的名古镇没有太多可写的，去了一个就去了千千万万个。

凤凰古城沿沱江而建，江水清冽透亮，两岸是被灯光勾勒出形状的仿古建筑，灯光闪烁，人群涌动。

这和沈从文的凤凰已经远隔重洋了。

我们在其中游荡良久，东吃一口，西看一眼，本来想去酒吧坐坐，结果面对上千块钱一打的 1664 知难而退，回到湿漉漉的街道上。

在小摊子上买了一块烤糍粑，大妈把外面拱起来的脆壳戳破，放了一大勺白糖，我们一人一半，分而食之，烤制的米香味在口中弥漫，糍粑的内部软软糯糯，甜蜜地缠绕在口腔中。

顶着因这半块烤糍粑而获得的轻松，我们在小巷子里一通乱走，不知不觉顺着一条小街走回沱江边。

岸边有一艘乌篷船，不远处有一座拱桥跨过江面，

桥上灯火点点。

江上一座桥，江中一座桥。

一整个晚上，我们就在这里找到了一点意趣。

等晃悠到灯光和游人都遁逃到黑夜中之后，我们溜溜达达，试图在错综复杂的街道中寻找一个出口，结果这一绕就绕到了深夜。

一点多的凤凰变得安静了起来，聒噪的酒吧也不再轰然作响，街上的身影也只剩几个匆匆的归家人。

我们不着急回去，只觉得夜晚的空气变得异常轻盈凌冽了起来。

我们在石板路上深一脚浅一脚地走着，肆意享受这样流淌的夜色。突然路过一个小小的露台，露台上一个歌手轻轻唱着歌，灯光由上而下照在地面上。

云哥指着树丛中间，饶有兴趣地说："你看，一只玉蝴蝶！"

射灯铺出了一条光路，雨点在这一条窄窄的光路上被照得纤毫毕见，在夜色中只是短暂地出现一秒，从黑暗中又进入黑暗中，被拉长成了一条长长的线。

一根树枝恰好也出现在这条光路中，树枝的尖尖上挂着一张蜘蛛网，蜘蛛网上挂满了雨滴，在雨点的打击下脆弱却坚韧地颤抖着。

神来一笔是刚好有一簇树叶被直直地照射着，翠绿翠绿的，在雨里颤抖，就像一只在枝头翩翩飞舞的蝴蝶。

她的背后是流光溢彩的雨幕，快速闪过各种颜色的光影。

　　在踱回酒店的路上，我们一致同意，这只玉蝴蝶就是整个凤凰最美好的所在。

　　第二天起来，在天色大亮的凤凰里又匆匆瞥了两眼，我们就怀揣着不知道怎样言说的心情离开了。

　　云哥说这次旅行他可能会记一辈子，毕竟不是每次旅行都会碰上这样心怀叵测的天气，从山里的大雾，到古镇的大雨，无一不让人无法忘记。

　　对我而言，还有很难忘的一点，那就是即便如此，我们两个人在路上靠着两张唾沫横飞的大嘴，还是获得了很多的乐趣。

　　云哥说，几乎在路上遇到的每一个人，我们都觉得是好的，这正是因为我们本身既不信任他人，又不期待风景，所以有一点点收获都如获至宝。

　　我心想，要是他也这样生活，孩子一定都好大了。

　　最后赘言两句，回到深圳之后，我忙于讲座和各种活动，云哥压制住内心生龙活虎的真实嘴脸，又投身于伟大的教育事业当中。

　　忙里偷闲，我们还是喝了一顿大酒。

　　云哥在我心中属于"满地都是六便士，他却抬头看见月亮"的那种人。

　　我们两个人坐在喧嚣的酒吧里，云哥给我取名为"疏"，他自己取名为"远"，疏远二字说的就是我们。

　　我倒是感觉我们像是两座隔水相望的石头山，天朗

107

气清，我们相看两厌，可万一被大块的浓雾隔在中间，我们还要伸着脖子张望两眼。中间那条小溪有时流得畅快，叮叮咚咚像雨声潺潺，响得人心烦，有的时候连一滴水都不见，但那条河床还在那里。

我们中间流淌着细长却饱满的时光。

有这样的友谊，天天都能看到玉蝴蝶吧。

长沙的天不夜

长沙是一片理所当然的欲望之地。

小吃街上人潮汹涌，颜色艳丽的招牌高高地悬在头顶，成群结队的好不热闹。

不管走到哪里都是烟雾缭绕，孜然粒和辣椒粉一个猛子窜进鼻孔里，油烟顶得天花板都要变形。

数不清的串串在铁板上煎来煎去，就像夜里辗转难眠的我。

明月任它照沟渠，人们的身影活跃在大排档的餐桌前。

红彤彤的小龙虾壳堆成小山，米粉打着卷儿流淌进打扮精致的都市丽人嘴里，她们满头大汗，嘴唇被辣得

通红，连口红都不用补。

混着十三香味儿和茶颜悦色的唾沫星子喷出来，星星点点都是对这个肥美的夜的赞许。

臭豆腐锅里的油从金黄透亮变成锅底薄薄的一层泛着白沫的黑油，文和友的搪瓷盆被摔打得坑坑洼洼，大家拿着粉色的号码牌，心甘情愿地任由夜色缠绕着他们，直到月落西山。

我一个人食量有限，热闹都是他们的，我只点了一份广东辣度的卤粉，吃得满头大汗，面色潮红。

这里千家春不夜，壶中、锅中的天也不夜。

吃完饭之后顺着五一大道走走，五一大道长到没有尽头，反正脚力所及都是一片热闹。

突然发现很多人驻足看天，原来天上有绵绵不绝的雁鸟飞过。

白色的身影在并没有暗淡下来的夜空中，犹如消失不见许久的星星又重放光芒。

自西向东走的时候，它们朝我迎头飞来，当我原路折返的时候，它们前赴后继地从我背后迎头赶上。

谁也不知道它们具体是什么雁，只猜它们在孜孜不倦地往南方去。

长沙是一个很热闹的地方，年轻人涌入这座城市放纵地吃喝，这座城市的每一个角落都有煞费苦心取悦年轻人的小闪光。

对老一辈来说，岳麓书院、橘子洲头也是闪闪发光的所在。

土生土长的湖南人颇自豪地朗诵出："吾道南来，原是濂溪一脉。大江东去，无非湘水余波。"

气势恢宏，好像天下都在这里了。

这是一座很闹腾的城市，像是一场让人醒来后更加疲惫的梦。

不过生活本身就是真假参半的东西，灯红酒绿之间，谁也不考虑深夜的一盆小龙虾需要原本就沉重的肉身消化多久，谁也不想夜更深还是思念更深。

长沙做饭喜欢用猪油。

在集体健身，集体吃零食之前看配料表，集体喝奶茶不加糖，喝可乐只喝零度的今天，居然有许多小馆子冒天下之大不韪用猪油炒菜，还要大大咧咧地取"猪油炒小菜"这样看着就让人口舌生津的名字，惹人犯罪。

批评！我要亲自进店批评。

先了解后批评，我倒要看看猪油渣炒白菜为什么这么香？猪油蒸米饭为什么让人伴着酱油连吃三大碗？猪油拌粉为什么那样简单却油润油润香气扑鼻？

一次批评不够彻底我还要批评第二次，白天批评不够我还要在夜里批评，实在想不通我还要在梦里严正谴责一通。

月亮走，我也走

　　我最喜欢的甜食是糖油坨坨，比起最随处可见的糖油粑粑，糖油坨坨没有泡在红糖里，是直接在油锅里炸出来的。

　　我在湖南大学边上的一家小店里买的糖油坨坨。

　　一个小小的门脸，一个老头，一个中年女人，一口油锅，两把寂寞的板凳，一摞廉价的一次性纸碗组成他们的小世界。

　　唯一有生气的就是在油锅架子上滴着油的小黄胖子们。

　　个头不小，一口下去坍塌一大半，都是空气馅儿的。外面焦脆，里面软糯。

　　我已经发现自己口味的单一了，但凡是这样口感结构的东西，我都无一例外地偏爱。

　　最妙的地方是，外面的一层糖是直接在锅里油炸的，所以有轻微的焦味，那淡淡的苦味莫如说是红糖充分释放芳香的途径。

　　还有紫苏桃子姜也相当不错，这三个看起来南辕北辙的东西放在一起竟然出奇的清新脱俗，比起糖油坨坨的略显油腻单调，紫苏桃子姜就是大酒之后的一碗热茶，有几分清雅的意思在里面。

　　湖南大学可能是为数不多没有外墙的大学，比起我们的"关好校门"，这大概也在一定程度上说明了这里的开放氛围。

　　学生在红砖绿瓦的教学楼和宿舍中间穿行自由、去麓山南路吃喝自由、去岳麓山爬山自由、去岳麓书院自由，且免费。

顺着麓山南路可以走到后湖艺术园，别说什么艺术不艺术，权当这是一个大公园去走一走是赏心悦目的。

跋山涉水去拍照，或是寻找艺术倒是可能会让人大失所望。

一群人围着一小堵墙或是一座小桥摆出看似不经意的姿势，还不如找一片废墟，从破损的窗户外望进去，或者从里面望出来，反而别有一番意趣。

长沙人真是很懂生活。

在这样的热闹之余，李自健美术馆里有一个厅叫心灵空间。

这是一个巨大的，空荡的展厅，在最中间的天花板上有一个圆形的天井，阳光穿过透明的玻璃滴落下来，顺着阳光一同洒下来的还有持续不断的水滴。

地面上有一个圆形的台子，盈着一汪水，天井里的水滴落进地面上的水里，它们远赴的跌落发出清脆的声音，又因为屋子里巨大的空旷而发出闷闷的回音，在空气的一阵震颤中尤其显得空灵。

在屋中听雨，什么样的人才能有这种妙想啊。

馆外还养了几只黑天鹅和鸭子，任他们自由走动，亲密地和游人打成一片。

不远处的谢子龙艺术馆相比之下，就像是为了迎合花枝招展的都市丽人们的地方了。

不论刮风下雨，不论队伍有多长，总有人不知疲倦

113

地在长沙秋季已经浮现的凉意里执意穿着重返夏季的衣服，在人潮拥挤的走廊，或是无人的角落里独自美丽，或是成群结队地美丽。

艺术馆里是摄影展，看完之后我想到，三岛由纪夫在《金阁寺》中说："我梦想当暴君或者艺术家。"

我疑惑了很久，暴君和艺术家之间有什么关联吗？

后来看了余华谈博尔赫斯的文章，他说："在表达自己精通了某个过程的时候，也在表达各自的野心，骨子里他们是想拥有无限扩大的权力。在这一点上，艺术家或者女人的爱，其实与暴君是一路货色。"

当艺术家就可以对自由诠释拥有无穷的权力，谁不想当艺术家呢？

除非当长沙人吧。

不要错过东台

我只在东台停留了短短的一天。

本来打算从黄海森林公园离开之后，去条子泥转一圈就回到盐城，带我的姐姐就是东台本地人，她说："那你不吃鱼汤面了？蟹黄包也不吃了？"

于是，在一顿丰盛早餐的诱惑之下，我留在了东台。

去东台市区之前我们先路过了八里和弶港。如果说盐城市区的饮食习惯和北方还有几分相似的话，这边就像是江浙了。

弶港有一条卖海产品的街道，说是海产品，是因为这些海货大多经过简单处理。

　　各种鱼干、虾干根据大小和种类的不同，被分门别类地放在一起，海虹和一些别的贝类也被晒干了，缩成小小的一个。

　　厚厚的海蛰也被腌起来，咸到海蛰皮上覆盖满了析出的盐晶。

　　当然也有新鲜的鱼，只是种类普通，数量也不多。

　　这边很有特色的一种鱼，叫作推浪鱼。

　　生长在盐城咸淡水之交的地方，喜欢迎着浪前行，所以有了"推浪"之名。个头不大，但是鲜美异常。

　　我们基本上顿顿都吃，一人霸着一条吃，我一顿饭吃两三条不在话下，甚至还要再瞄瞄汤水淋漓的空碟子。

　　不愧有本地人带路，我们对屋外的大路货视而不见，直接走进店铺深处的冰柜，老板娘从冰柜里面掏出一个装着黑色液体的密封箱，这就是泥螺。

　　泥螺黑黑扁扁，看上去就像一颗黑豆。一般都是醉起来吃，用盐和黄酒腌起来之后，放上几个月不成问题。

　　老板娘用漏勺把泥螺盛出来，称重之后再舀几勺腌制泥螺的黄酒进去。

　　我有一次在饭店里尝试了一下醉泥螺，感觉很奇妙。比起醉虾醉蟹，酒味浓郁了很多，还带着些许苦味。泥螺肉是滑溜溜的，一下子就溜进了嘴里。我吃了一颗就放下了筷子。不过当地人可很喜欢这种口感和味道。

　　海蛰也是提前腌好的，放在一个很大的密封桶里，要的时候就直接用手抓出来。一买就是一小桶，能留个小半年，回家之后把上面的盐洗一洗，再简单处理调味就能吃了。

东台的海鲜和别的沿海城市不太一样，基本上深圳吃的都是鲜活的海鲜，而在这里却多了很多加工与处理方式。

我觉得也许是因为盐城沿海主要是滩涂，所以海鲜种类不同，据记载，在西汉的时候，这个城市还有一半在海里，那时南京才是长江的入海口。

而且自古以来盐城就是一个大量产盐的地方。有了盐，自然就诞生了许多保存食物的方式。

在店铺里晃荡的时候，我看到街对面有一家饼店，专卖弶港大饼。

这是一种炸出来的发面饼，一张饼快赶上一个脸盆底的大小。

炸的时候饼漂在油上，老板拿了一个大铁勺往饼上浇热油。

我们进到店里，闻到一股浓浓的发面味儿。

店里放了一个澡盆那么大的盆子用来装面，发酵好的面饼按照不同的状态放在托盘里，完全发酵好了之后，面饼就变得鼓鼓囊囊的。

老板在上面撒一层芝麻，让面团一头跌进油锅里，面团在油锅里迅速膨胀。最后做好切开的时候，能看到里面密密麻麻的大小气孔。

刚做出来的时候里面又松又软，外面还有薄薄一层

酥脆的外壳。

真是好吃。

外面的街道上晒满了各种从地里收回来的豆子和玉米，有的豆荚已经晒到裂开了，红豆、黄豆、绿豆滚了一地。

店铺里的老太太拿着一个苍蝇拍慢慢悠悠地打苍蝇。

很多人在家门口见缝插针地种着地。路上还堆着一袋袋炸好的猪皮。

整条街上弥漫着一股属于小城的，缓慢、悠闲的气氛。

我们从商店里买了一瓶酒，随便找了一家小饭馆吃午饭。

鹤兴陈皮酒，是当地特色。

味道浓郁甘甜，别看甜丝丝的像是很浓郁的饮料，其实度数不算低，后劲也不小。

姐姐说她妹妹小时候在过年的时候偷偷喝了一点，结果整个晚上坐在饭桌前咴咴地傻笑。

在这里吃饭是没有菜单的，店家把准备好的食材放在冰柜里，我们想要吃什么就挑出来，让老板推荐怎么烧着吃最美。

有些菜甚至会直接把生的食材全部放在碟子里备好，要是有人点就直接拿进后厨炒。

这是一种很亲切的点菜方式，就像去朋友家吃饭一样。

东台话很难懂，比较好玩的是他们的感叹词是"乖乖"。要是天气很好，他们就会说："乖乖，今天太阳怎么这么大。"

总之和东台人聊天，"乖乖"声此起彼伏，非常好玩。

除了红烧推浪鱼和炖猪皮，最特别的是一道麻虾炖蛋。

麻虾是一种很小的虾，小如芝麻，基本上肉眼不可分辨。东台人拿它们做麻虾酱，和虾酱与虾子酱差不多，都可以作为炒菜的调味料。

不过用来炖蛋确实是麻虾酱的特殊之处。蛋的味道本来就单薄，麻虾微咸，刚吃进嘴里的时候并不觉得有什么特殊的味道，尾韵却透着一股生猛的鲜味，真是很难用语言来形容。

原本平庸迟滞，懒洋洋打不起精神的炖蛋，因为麻虾的点拨，四两拨千斤，一下子就有了精神头儿。

姐姐说饭店小气，在家里做饭都是要放厚厚一层的。我倒是觉得这种淡淡的味道也很恰到好处了。

那天晚上我们还吃了炸黄鳝。原本被称为"软兜"的黄鳝，被切成细丝之后裹上浆，炸得干干脆脆，油脂也被炸出来了，吃到嘴里一点肉感都没有，就像吃香脆的薯条。

在东台吃饭好像不需要考虑太多，随便钻进一家小店里都能端出本地家常的食物，而且都非常有当地的特色。

而这种特色，恰恰在中国的许多城市里都已经消失了、同质化了、一点脾气都没有了。

119

于是，就这样到了第二天早上。终于等到了我期待良久的东台早餐。

东台的同学告诉我，不要去什么红灯笼这样的"老字号"，要去就去躲在居民区楼下的无名小店。

不过本来就是外地人嘛，去红灯笼能吃得齐全。

红灯笼和上海的南翔小笼包啊，天津的狗不理总店还是有区别的。大清早里面全是本地人，东台话犹如外语一样萦绕在我耳边。

我们来得并不算太晚，不到九点就到了，运气很好地买走了最后三个蟹黄包，要是再来晚一点，怕是连早餐品种都不全了。

东台的蟹黄包和我们所熟知的靖江蟹黄包并不相同。

东台是用发面做包子，个头很大，差不多有一个拳头大小，而且包的也不只蟹黄和蟹肉，里面主要还是猪肉。

蟹黄包从高高的神坛上翩翩走下来，变成了家常的版本，价格相对美丽很多。

别以为这就是一个偷工减料的蟹黄包了，还没下嘴呢，就能看到包子皮上沁出了蟹油，包子底部更是黄灿灿的，咬开之后也能看到里面一块一块的蟹黄。

包子里面放了点糖提鲜，蟹黄的香味浓郁却不锋利，猪肉肥瘦混杂，肉粒分明，一下子就把人从昏昏欲睡的早晨拽醒了。

这里的包子里都要放点白糖，凉拌干丝也是甜的，也不过分，只是画龙点睛地放一点，让味道变得轻盈。

没有像无锡那样嗜糖如命，但是和真正的北方胃口已经是截然不同了。

最后一个主角就是鱼汤面。

初一听到鱼汤面，我以为汤里有鱼做浇头，没想到是一碗白净的"素"面，除了汤和面条什么也没有，别说鱼了，甚至连兰州大酒楼里礼貌性的薄如蝉翼的肉也没有。

素净得像小葱拌豆腐。

一喝汤才知道其中的玄妙。

鱼汤面可以分成两个部分，面就是普通的阳春面，鱼汤才是重点。

鱼汤是用好几种小鱼、鱼骨和猪骨熬成的。先把鱼煎得金黄，再把汤熬成厚重的奶白色，再把渣子都过滤掉，鱼骨头再反复煎几遍，再煮，才算做好。

白色的阳春面，泡在乳白色的面汤里，白成一片。汤也不调味，又白又素，第一口就是要喝最纯粹的味道。

别的地方总是在面或是配料上下功夫，只有这一碗"素"面，却是把功夫都下在看不见的地方了。

我喝第一口的时候，简直就像是刘姥姥第一次吃贾府里的茄子，就要脱口而出："别哄我了，汤跑出这个味儿来了，我们也不用吃饭了，只喝这种汤了。"

等听完也要感叹一声："我的佛祖！倒得多少条鱼配他，怪道这个味儿。"

就像开水白菜一样，看起来简单的东西，往往才是

最复杂的。

喝完汤之后按自己的喜好加盐和黑胡椒，再加一点辣椒油我觉得最香。

身边的本地人呼噜呼噜地吃完了面条还意犹未尽，一仰脖子，把汤也喝到见底才算是成功唤醒这个早晨。

东台是一个小地方，吃的有意思，人也可爱，也许只有这些小地方才能不受打扰地保存属于自己的习惯，也守护着如此复杂的一碗"素"面。

北国之冬和颐和园的日落

冬天的北京冷得要命，不仅冷，风还大，吹得人后脑勺疼，一出门就恨不得缩进厚厚的羽绒服里。

我是去北京投奔紫娃一起滑雪的。她在互联网公司实习，早十晚十，工资和房租差不多高。

即便如此，那个只在地板边的墙上开了大概三十厘米高小窗户的房间，还是被她布置得麻雀虽小五脏俱全。

唯一的缺点是玻璃窗裂了，用透明胶贴了起来也挡不住冷风顺着缝隙挤进小小的房间里。

她家的大门口有一个两三米高的大铁门，锈迹斑斑的。进去之前，她跟我说："咱们要走一段荒凉的小路，你别害怕，里面别有洞天。"

123

里面是一栋专门为大厂员工建的小公寓，长长的走廊两侧有几十扇小门，每个门里都有一个小小的世界，和一个常常为了等打车补贴，到十点才下班的都市丽人。

每次我们走到大路上的时候，都要感叹一句，真是像进了村子了，虽然人在北京，但是犹如身处廊坊。

紫娃是一个热爱奋斗的都市丽人，不像我，想到进个城都要四十分钟，心里难过得能拧出水来。秋天的外交学院远在沙河，要是我们约在城里见面，我在济南坐上高铁的时候，她也差不多要从学校出来了。

当我看郁达夫、老舍或是王朔、冯唐笔下的北京时，我都会怀疑是不是有两个北京。出租车师傅眉飞色舞地告诉我们，一个通州就能顶上深圳的面积。

北京真大啊。

大的好处就是什么人都有，要是愿意的话，可以谁也不用理谁。

林语堂说："在高耸的北京饭店后面，一条小路上的人过着一千年来未变的生活，谁去理那回事？离协和医院一箭之地，有些旧式的古玩铺，古玩商人抽着水烟袋，仍然沿用旧法去营业，谁去理那回事？穿衣尽可随便，吃饭任择餐馆，随意乐其所好，畅情欣赏美山——谁来理你？"

这简直是当代年轻人最理想的生活方式。

不过当我们想要出门逛逛的时候，还是只能千里迢迢去到城里。

颐和园的日落可谓大名鼎鼎，我怀疑每天下午半个北京城的长枪短炮都聚集在十七孔桥的边上了。

从四点开始，太阳就往下落了，天空逐渐被蒙上一层豪爽的橙色。

那天雾气不浓，太阳明亮得让人睁不开眼睛，迎着太阳走的时候，前面的人全都变成了剪影，在地上拖着长长的影子。

落完了叶子的树也长得嶙峋，枝丫横亘，枝子又细又长，奋拉着、交错着，把天空分隔成了许多细碎的小块儿。

一排瑞兽整整齐齐地站立在亭子的飞檐上，橙黄色的天空是他们的幕布，显出了一种魁梧却荒凉的气息。

用郁达夫那句描述北国的秋的"来得清，来得静，来得悲凉"，来形容这样明晃晃的日落也很合适。

天空变得很高，空气变得很稀薄，吸的每一口气都钻进肚子深处，又带着胸膛里温暖的湿气吐出来，化成一团白烟。

湖上已经结了一层薄冰，还未冻严实，有的地方还有一层薄薄的流水。冰面上一边架着十七孔桥，一边是慈禧的仁寿宫。

夕阳的光辉打在仁寿宫上，整座建筑都被渲染上了一层暧昧又温暖的光色，脚下宽广的湖面却是冰冷的深蓝色，光是看一眼，就能感受到散发着的阵阵冷气。

颐和园的日落可以说一分钟一个样子。

月亮走，我也走

从四点开始，太阳就往下落了，天空逐渐被蒙上一层豪爽的橙色。那天雾气不浓，太阳明亮得让人睁不开眼睛，迎着太阳走的时候，前面的人全都变成了剪影，在地上拖着长长的影子。

太阳一丝不苟地落下去，刚才在眼前金光闪闪的锐气一下子消散了，宽大的、深蓝色的暮色从上而下笼罩下来。除了西边的天空，一切物体都褪色了，东边的湖面更是冷起面孔，阴郁得一点血色都没有。

湖面上结着波纹状的一层白霜，靠十七孔桥那一侧的湖面映上了天地边缘的那一层橘色，远处绵长的山脉留下起伏的几层暗影，天空中不时有成群的鸟飞过。

紫娃说，这就叫"落霞与孤鹜齐飞，秋水共长天一色"，虽然这是冬天的冰面。

人们被这样浓墨重彩的日落攥住了心脏，成群的人跟着落日跑。

要说装备最齐全的，那还是大叔大妈，大炮筒长得像望远镜，让人看着就心生羡慕。

后来我在北海公园看鸳鸯的时候，一个从哪家老字号买了馒头来喂鸭子的大妈就很热情地来问我，喜欢哪只，她给引过来让我好好拍拍，还指导我要拍它们将飞未飞的样子，我羞涩地扬起相机，告诉她我的相机抓不住动态。

她又滔滔不绝地讲起今年那只头上有瘤子的鹅，不知怎么回事没来北海，又说去颐和园某个角落可以拍到来过冬的大雁和黑天鹅，边说边要给我展示她拍的照片。

还拉着我们说，她感觉自己更年期到了，在家里待着看谁都不顺眼，不如多出来散散心。

他们真是活得五光十色的。

127

回到那天的颐和园，没多久的工夫，太阳落到了山顶上，只差一点点就要沉入群山，天边变成暗沉的红色，就像宫墙的红一样，红得深邃。

几缕云雾缠绕着可以把西边的天烧穿一个洞的太阳，那个耀眼的火球以肉眼可见的速度一点点掉落进群山里，直到它的金边完全被山川吞噬，那片红色才逐渐褪色、消散，变成温和的紫粉色。

这样的风景真让人不禁切实感受到"物哀"。

石川啄木把春天的雨落下来的感觉，形容为"什么地方，有死了年轻女人般的烦恼的感觉"。

这样炽热的日落，竟然让人也产生了相似的悲伤的感觉。

如此恢宏辽阔，而太阳一落下去，湖边立刻变得寒气袭人，人又在这样的自然里无限缩小下去，直到变成一颗滚动的小石子。

林语堂说过："那儿很自由去追求你的学问、娱乐、嗜好，或者去赌博和搞政治。没有人理会你穿什么衣服，做什么事。这就是北平的兼容并包之处，你可以和贤人与恶人往来，和学者与赌徒往来，或者和画家往来。如果你景仰皇帝，可以到禁宫周围散步，幻想你自己也是一个皇帝。"

这样一场日落真让人想做个皇帝，别的地方的日落都过于柔软、沉寂，颐和园的日落像是挥毫泼墨，别的地方的日落只有自愧不如的份，相比之下像"黄酒之与白干，稀饭之与馍馍，鲈鱼之与大蟹，黄犬之与骆驼"。

不过仁寿宫里天天都能看见这样日落的慈禧应该无暇欣赏，毕竟够多事让她焦头烂额了，要是想想颐和园经费的来历，更是无心赏景了吧。

这样浓烈的日落像是一个国王的梦境，恢宏与萧条只在一念之间。

日落下去之后，天空还维持了短暂的一阵光明，冰面就像一面镜子，让天空跌进湖里，湖水把天空里分明的颜色晕染开了，变成蓝、紫、橙迷蒙的一片。

十分钟之后，这些也都消失了，天空变成墨蓝色，树梢后挂着一轮窄窄的月牙。

不知道从什么时候开始，逛公园成了我最大的爱好。

在北海公园里看看成群结队的鸳鸯，一群聚在薄薄的冰面上，一群在冰冷的水里一猛子扎进湖底找吃的，再跟着人群一起惊呼湖里快一米长的大鱼。

或者和姐妹一起在什刹海边闲逛，看拉手风琴的大爷自娱自乐、卖自己织的小玩意的大妈在阳光下缩成一团打瞌睡，还有小胡同里放学之后成群结队，叽叽喳喳的小学生。

遐想什么时候什刹海的冰足够厚了，我们就能去滑冰了，或是什么时候我也能像那些大爷大妈一样，包里背着个大相机，对哪里有什么值得一看的东西如数家珍。

　　还想去体会一下，到底什么样的秋天会让郁达夫说出："秋天，这北国的秋天，若留得住的话，我愿把寿命的三分之二折去，换得一个三分之一的零头。"

　　北京真大，我不喜欢这种空旷的感觉，仿佛对着空气吼一声，连回音都不会有。但这座宽大的珠玉之城，有足够的底气支撑紫娃这些都市丽人的理想，也有些细碎的属于生活的美好存在，让它不至于漂浮起来，冷到缺氧。

在黄海森林公园的夜晚

黄海森林公园的夜晚真是静谧，屋子外黑得很纯粹，安静得也很纯粹，时间变得很深邃，很漫长。

《瓦尔登湖》里说"月光旅行在肋骨似的波纹上，上面还遍布着破碎的森林"。

在黄海公园里，头顶上遮天蔽日的水杉树让人看不到月亮，甚至连星光也看不见。

当时还是深秋，树林里的夜晚却已经湿冷异常。屋子里开上暖气，打开昏黄的灯光，一下子就把冷气和黑暗都隔绝了。

第二天早上是最舒服的时刻。

　　小木屋的设计很有趣，大门是一整面玻璃，客厅里三面全是玻璃，卧室也有一整面玻璃。

　　还有另外一种更小的木屋，连天花板都是透明的。

　　于是早晨的阳光从四面八方挤进这个小屋子里，光线过于充足，直接把我从睡梦中拖了出来。

　　醒都醒了，那就在森林里走走。

　　早晨的光总是金黄色的，树影把阳光都切碎了，遍地碎金。

　　森林里一改晚上富有压迫性的静谧，鸟鸣啁啾。

　　人走在其中，呼吸不是轻浅的，每一口带着丝丝凉意的空气，都深深地钻进肺里。

　　黄海森林公园之前是林场，主要种植的是水杉，种得横平竖直的。相传整个林场都是拉着线栽的树苗，所以一眼望过去，整整齐齐的，和放肆生长的森林并不相同。

　　不过经过了几十年的生长，水杉已经高得在头顶上交杂在了一起，地上也没有一丝裸露的土地，全被郁郁葱葱的蕨类植物覆盖了。

　　河边有恰好绽放的芦苇花，开成白茫茫的一片，后面是刚刚开始泛红的树叶。

　　不远的树林里还种了一大片粉黛，风吹过的时候就摇摆成一片，那是一种无比温柔的颜色。

　　东台算是苏北，比北方的温度还是稍微高一些。

　　当香山的叶子已经被冷峻的妖风吹得全军覆没的时

候，黄海森林公园的大部分水杉树还正郁郁葱葱。

水杉是很漂亮的树，长得又高又直，一棵一棵冒着尖，像是抽了条的圣诞树。

开车进公园之前半个小时，道路两边的树就全部是水杉了。水杉笔直，道路也笔直，像是开不到尽头。

森林里有些角落还在树下喷射雾气，虽说是人工的，人走在里面雾气迷蒙，确实有几分仙境的意味。

树上还架着笼子，养起了各种鸟类和松鼠。

要说到动物，带着我们游览的姐姐说，森林里还有麋鹿和各种迁徙的鸟类，工作人员时不时就能看到野生麋鹿。

这是因为不远处就是麋鹿保护基地，除了养殖起来的麋鹿，还有很大一部分麋鹿都在盐城沿海的保护区里野蛮生长。

在东部沿海，除了盐城哪里有这么丰富的野生动物资源呀。

秋天并不是麋鹿园最好看的时候，最好的时候是春天，四五月份时鹿王要争霸。

它们不仅要大打出手，而且会把能找到的各种东西顶在角上，不管是青草还是塑料，袋或者泥巴，总之角上的东西越多，象征的力量就越大。

我们去的时候看到了很多慵懒的麋鹿，它们中的大部分躺在平地上晒太阳。

有些闲来无事，跳进湖里用角顶起泥巴往身上涂，

还有的两两一对，角对着角在角力比赛。

小鹿活泼一些，会在车开到它们边上的时候，把头挤进车窗里要胡萝卜吃，一点都不怕人，甚至把口水滴得车座上都是。

保护区的门口用鹿角建起了两个拱门，让人想起三年多前我和堂姐在怀俄明州去过的鹿角小镇，那里也建了一个麋鹿保护区，整个杰克逊小镇都和麋鹿相关。

麋鹿的角和什么象牙、犀角可是不一样的，麋鹿的角每年冬天会自然脱落，一个拱门用了三四十年积累下来的鹿角。

从麋鹿保护基地离开的傍晚，日落也是恢宏的，红日又圆又大，像是离我们只有咫尺之遥，恋恋不舍地坠落到地平线以下。

离黄海森林公园不远还有一片可以赶海的滩涂——条子泥，那里有非常独特的潮汐森林。

潮汐森林并不是森林，而是潮水在滩涂上留下的印记像是一棵棵树一样。

别的滩涂的潮汐森林都是树冠朝着陆地，只有条子泥的滩涂是树冠朝着大海，这些潮汐森林真的像是由陆地长出来的树一样。

既像是树，又像是连接着陆地和海洋的神经。

可惜我去的那天潮不大，几乎什么也没看到，只在

134

海滩上看到了来过冬的候鸟。

这些都真美啊，虽然一趟旅行下来完全不足以看遍所有的风景。

沈从文说："凡是美的都没有家，流星，落花，萤火，最会鸣叫的蓝头红嘴绿翅膀的王母鸟，也都没有家的。谁见过人蓄养凤凰呢？谁能束缚着月光呢？一颗流星自有它来去的方向，我有我的去处。"

这些越是需要运气才能撞见的东西，就越是美。

在四月的北京逛公园

　　如果要把美好之物形容成人间的四月天的话，那可千万不能是北京的四月天。

　　这里不仅黄沙漫天，就算好不容易下了一场酣畅淋漓的大雨，那也是犹如下了一场泥石流，白狗身上黄，黄狗身上肿。

　　四月的北方偶尔下雨，但是这雨和南方的细雨截然不同，南方的雨在脸上是轻柔地抚摸一下，而北方的雨落得再缓、再小，也像"啪"地在脸上抽了一巴掌。

　　我刚好赶在一场泥浆雨之后来到北京，天气居然放晴，蓝天耀眼，春风袭人。

　　在北京，我最爱做的事情就是逛公园。

北海公园、颐和园、天坛、地坛、圆明园、景山公园，哪里都绿树成荫，而且对学生来说，门票少则几块，最多也就十几二十。

能消磨大把大把的时间，还能在千万朵花里把春天找出来，头顶上那个永不凋谢的太阳也孜孜不倦地散发着温暖。

还能有更好的去处吗？

去年冬天我在颐和园的十七孔桥看了一次壮美的日落，太阳的余晖把桥孔全都染成了金色。

有了上次的回忆，这次一有时间，就奔着颐和园去了。

道路两旁的柳树正绿得轻快，阳光透过柳树叶，零散地洒在地上，也洒在游人身上。

不知道是出于什么样的心理，我非常喜欢通过镜头去窥视别人的生活。

以前拍照的时候总喜欢等人都散去，专拍风景。

现在却觉得游人才是风景中的点睛之笔。

有老夫妇坐在湖边的长椅上一言不发地望着湖水，老先生的头上还戴着一顶系着大蝴蝶结的帽子。

有人孤独地蹲在堤岸上，他的目光久久地向远处奔跑。

不过我最喜欢的还是一对好朋友坐在一起叽叽喳喳地聊天，或是随心所欲地走在阳光斑驳的林荫道上。

人在树下，显得很渺小。

他们的出现，让原本空荡得一丝不苟的风景有了回响，像是刚刚响起就消匿的钟声。

颐和园的湖水蓝得十分轻盈，不知什么原因，湖里的荷花全部死去，只在水面上余下了孤零零的断梗。

我最喜欢的一幅画面，是岸边有一个小小的木码头伸向湖面，码头上立了一扇比码头还宽的雕花铁门，只是挡了个寂寞。

湖水在阳光下成了碎裂的镜子，辽阔的湖面更显得这一扇矮门十分孤独。

一路走下来，园子里的什么堂、什么院，全没有记住，上次金光闪闪的十七孔桥也在白天的明媚阳光中显得十分普通。

好在把北京难得的大好春光看了个遍。

过了两天，我和两年没见的秋天一起去了圆明园。

秋天说虽然在北京读了四年书，但是除了刚来上学的那一年去过圆明园，别的时间都在沙河的郊区琢磨去哪里找棋牌室。

不过她明年的学校离圆明园就只有咫尺之遥了。

圆明园里并不只有遗址，其实非常大。

有一片荒凉的湖面，上面不时有野鸭飞过，还有丝毫不怕人的灰喜鹊，在路边啃游人丢弃的玉米棒子。

现在正是柳絮飞扬的季节，柳絮铺满了湖面，湖面变成了白白的一片。

这可不就是"一川烟草，满城风絮"。不知道谁的闲情如此丰沛。

园里还有一条笔直的道路，路旁栽满了银杏树，现在正是翠绿，等到秋天，又是一片黄叶满地。

光是随意走走，就觉得没有浪费这一天的好天气。

西洋楼遗址里长了很多芦苇，地上就是一片杂草，其中零星点缀着黄色的小野花，有的石缝里都长了野草。

可以说在国内景区里是难得的审美在线，与其一通折腾，还不如这样不加干涉来得自然。

虽然我觉得余秋雨酸味过浓，但是他说的这句话还是很漂亮的："假饰天真是最残酷的自我糟践。没有皱纹的祖母是可怕的，没有白发的老者是让人遗憾的。没有废墟的人生太累了，没有废墟的大地太挤了，掩盖废墟的举动太伪诈了。"

有太多的景点像是洁白无瑕的瓷娃娃，一丝不乱到瘆人的程度。

有那工夫去看那些描眉画眼的东西，还不如像大爷一样，面对一片长着芦苇的湖面，静静地坐上一阵。

北京应该属于这些细微的时刻。

在四合院的屋顶露台看谁家的猫爬上房顶，一街之隔的老大爷在屋顶上训练他的鸽子，或者是在二环偶遇一个遛鹅的大妈，看着她的鹅迈着外八的步子气定神闲地视察工作。

想要了解一座城市，还是要走到人群中去。

139

喀什的夜里没有月亮

说到去新疆，大多数人都会想起伊犁、阿勒泰之类山清水秀的北疆，说起南疆，总是觉得逊色了许多。

去到喀什之前，我也觉得南疆最多看看人文，毕竟这里干燥又炎热，成片的山上几乎没有树的踪影，这哪能比得上北疆的山与水呢？

当踏上从喀什县城去往塔县的道路之后，我才发现，南疆的山水具有一种更为壮阔，更震慑人心的美感。

塔县的海拔高，又靠近国界线，与巴基斯坦、阿富汗、塔吉克斯坦三国相邻，大家都不说"去塔县"，而是"上塔县"。

上塔县的路程其实并不是很远，四五个小时的车程就能到。

第一个路过的是白沙湖，顾名思义，那里的沙滩是白色的，连湖对岸的山野也是白色的。那山又像是石头的，又像是沙子堆成的，有一种流动着的感觉。

有一个老人，牵了一头黑色的牦牛站在湖边。他没有瞪着焦灼的双眼寻找靠近的游客，而是背着手，牵着牛，目光落在湖对岸，不紧不慢地沿着湖岸来回踱步，那头牛也顺从地，披着彩色的毯子和鞍，跟着他一起踱来踱去。

我觉得他好像并不是很在乎有没有人来骑他的牛，在湖边踱步本身就是他这一天的目的。他像是坐在寺庙的廊阶上，等待寺庙的钟声被敲响的人。

湖水很蓝，尤其是被蓝天和白沙一衬托，更显得纯净，天上的云跌进了水中，随着波浪缓慢地移动。

从白沙湖再往上走，就到了木吉火山口。说是火山口，其实从远处只能看到三个矮矮的小山包，和别人的照片里截然不同。

别的倒是没有记住多少，只记得火山口边全是一点都不怕人的蚊子，嗡响成一片，把天都压得阴沉沉的。

我倒不觉得火山口有多么好看，要说壮阔的，那是目光尽头连绵的雪山，雪山的雪水融化之后，汇成了一条薄薄的河流，滋养出了一片难得的牧场。

这些山看起来并不显得高大，看看山脚下牧场上小如虫蚁的马和人，才能知道山是有着怎样的沉默和宽厚。

有一群小孩站在河里玩耍，那水浅浅的，不过没到

141

他们的小腿。城市里的夏天是很热的，然而村子里的大人小孩们，都穿着秋天的衣服。

那几个小孩子拿着石头朝水里扔，溅起阵阵水花。

河里那层薄薄的水是蓝色的，草地是绿色的，毛茸茸的，像毯子一样。远处的山光秃秃的，是深沉的棕色，再往上看，是那白皑皑的雪。

这里的人们都很纯朴，火山边上很多人家里养了马。我刚好遇到一个老妇人在挤马奶，她的丈夫站在边上牵着马。

我上前搭话，问他们从哪里能走到火山边上。他们的国语很差，要一个字一个字往外蹦，说急了干脆用手比画。

我喜欢听口音猜别人来自什么地方，这个说法就好像声音是一个旅行者一样。

他们的声音听起来旅行了很久，或者说是我们旅行了很久。

后来我在那拉提草原上尝过马奶，那个戴着头巾显得很老实的小姑娘对我说："马奶好喝的，淡得像是水一样。"

好一个像水一样。

马奶都是经过发酵的，多少有点酒精在里面，奶制品经过发酵的味道嘛，可以想象。又酸又冲，根本不是"像水一样"。

我们喝了一口之后的反应，像是还没学会喝酒的小孩抿了一口白酒，可是当地人喝起来就像大夏天里喝冰啤酒一样爽快。

火山其实挺让人失望的，山头上有一个大坑，有的坑里有水，有的坑里是沙石，仅此而已。

来这里的人也少得很，有两个牵着马的村民坐在山坡上边休息边等游客来骑马，不过就算是不骑马，要问他们点什么他们也好声好气地回答。

没人的时候，他们就坐着看雪山和河流，看云投在地上的那片阴影。

在那里还发生了一个小插曲，因为地上有太多碎石子，我在火山上狠狠地摔了一跤。

当时我背了一个相机，手里拿了一个相机，摔下去的时候我没想着伸手去撑，而是下意识地把相机举起来了，就像那种在地上打了好几个滚但是手里的烤红薯依旧完好无损的孩子。

因此保住了我手上那个陪伴我走过很多山水的老伙伴，但是挂在身上的老相机就寿终正寝了，没想到这个在 20 世纪 60 年代生产，柜子里待了几十年的老家伙，居然以这样的方式结束了他的使命。

有时候就是有很多猝不及防的遗憾。

过了火山口之后，我们继续往塔县走，这一路上的山都是光秃秃的，又高又险，要努力地把头抬高才能看到天空。

路边还有圆滚滚的胖土拨鼠，看见车子经过就手忙

脚乱地爬进地洞里，他们一颠一颠地跑起来的时候，甚至能看到身上的肉颤巍巍的。

别说树了，大部分地方甚至寸草不生。不过当地人说，山清水秀下面什么都没有，这些秃山头下面其实都是金山银山。

天色渐渐暗了下来，在路过一处籍籍无名的湖泊时，夕阳恰好变成了温暖的金黄色，映在没有一丝波澜的湖面上。

新疆的天总是黑得很晚，感觉每天都被拉长了，回来之后总是会感叹"时间真不禁过啊"，在新疆到了十二点还撑得饱饱的，一两点钟才刚有一丝睡意。

喀什夏天的夜里是没有月亮的。我想在晚上拍星空，所以特意查了一下，太阳十一点左右才落，而九点多就开始月落了，十二点多银河的银心就落了。所以这里的夜晚特别黑，特别寂静。

在看见那次日落之前，我从来不知道湖面可以平静到那个程度，像是变成了冰。

总有人说湖面像镜子一样，我也总以为湖面上有倒影就是别人所说的那个意思了。这次看到这完全无风的湖面，才知道真正平静的水面会让人有一种不真实的感觉。

好像山峰被从中间切开，相对而坐。云从天上塌下来，变成被窝。

144

没人的时候，他们就坐着看雪山和河流，
看云投在地上的那片阴影。

暖黄色的阳光打在山上，映在水里就变成温柔的紫色，山不再坚硬，变得软软的，就算在大润发杀了十年鱼的冰冷心脏，也可以重新拥有去爱的力量。

好像所有的世俗常理在这里都不存在了，山在水里，流动的水在夏天变成凝固不动的冰，云是金色的，雪山是红色的，夜晚的天空没有月亮，也没有银河……

当天晚上我们到了塔县，第二天上了红其拉甫，最终在上到国门前的最后一个检查站被拦下来，我们离通往巴基斯坦的国门只差五公里，那里的海拔有四千七百多米，头顶常有直升机飞过。

换言之我们离阿富汗也不太远。

如果这么一想的话，世俗常理在这里不再存在也不算太出人意料的事情，夜晚没有月亮也可以称得上是一件最微不足道的事了。

听说在国界边上一直住了几户人家，他们几乎没有办法和外界有太多交流，除了放牧，他们无事可做，但是他们在几百公里无人区的存在本身，就有深远的意义。

下塔县的时候，在盘龙古道的尽头，有个很高的路牌，上面写着：今日走过了人生所有的弯路，从此人生尽是坦途。

不远处的塔克拉玛干沙漠，500公里空无一人的公路边上，也写着这样一句话：只有荒凉的沙漠，没有荒凉的人生。

回深圳后和云云聚在一起喝酒，我给她看了那句话，她哼笑了一声，说："好搞笑，我差点信了。"

跟着勃朗尼卡走 318

　　不知不觉，我用胶片机也拍了上百张照片了。虽然说技术依旧欠佳，但是我坚信进步的唯一途径是多拍多看，就算买胶片的时候心如刀割也要拍。我用的机子是勃朗尼卡 S2A，简单地形容起来就是一个大铁块。将近五斤重，没有任何电子元件。勃朗尼卡是中画幅，六乘六。一卷能拍出十二张照片，照片是正方形的，很适合拍风景和人文。因为我很懒，所以测光都是盲猜，好在黑白和彩色负片的容错率都很高，而且只要肯花钱，色彩总是很浓郁，以此来遮盖各种技术的不足。在两千公里的 318 国道上，我拍了 48 张照片，就请大家和我一起跟着勃朗尼卡和柯达 EKTAR 100 从川西出发，一起到达拉萨。

我们的第一站是墨石公园。

下定决心绕路去墨石公园，是因为阿根的妻子和孩子都住在墨石公园边上，我们要是多玩一会儿，这两个月没有见面的一家人就可以多团聚一会儿。

墨石嘛，顾名思义，就是一大片墨色的石头，它们很突兀地在山脉上耸立起来。

人穿行在其中，小到不可见。

公园里还特意在路边放了些荒骨，要不是身边快门声和无人机声不断，还真有点到了荒无人烟的墨色星球的凄凉感。

后面的一两天，我们的大部分时间都花在了路上。当然，我基本上就是在后座睡得颠三倒四。

翻到山顶上之后，回头一望，才惊觉已过万重山。

一天三百多公里的路程并不算很多，但是山路陡峭又狭窄，路上大货车也多，盘山公路上大弯小弯要会车都不容易。

得亏有领队在最前面，用对讲机通知后面的车队前面是否有来车。

有的地方山坡上不长草，只有光秃秃的沙子和石块，看起来时时刻刻在大风中摇摇欲坠，让人不敢想象雨季这里该是什么样子。

阿根说，他只要出来开车，他老婆在家里一天就要磕一百个头，去年还一整年没有吃肉，就是为了祈求他每天能够平安。

在爬上东达山的路上我睡着了，醒来的时候身边的阳光和山川全部消失了，只剩下无尽的雪雾。

到处都是白茫茫的一片，刚落下的雪是干的，像粉一样，风一吹就铺天盖地席卷而来，让人既看不见前路，也看不见归途。

那两天，路上对我而言最有趣的风景是写在路边的大字标语："各族人民像石榴籽一样紧紧抱在一起""要像爱护自己的眼睛一样保护民族团结"。

从业拉山上下来的时候，我们途经了一群高山兀鹫。它们个头极大，展翅恐怕有大半个人的长度，就大大咧咧地站在路边，哪怕有车经过也不飞远。

估计是山腰上摔死了牦牛或是什么动物。

旅途真正开始有趣，是从然乌湖边上的小山村开始的。

我们原本的路线是一直顺着国道走，但是秉承着"走最烂的路，看最美的风景"的精神，我们开进了一个小村子里。

村子里的草甸很多，路边上的土拨鼠连滚带爬从草地上消失不见。

村子里的小孩子难得看见外人，欢天喜地朝我们跑过来。他们的脸被晒得黑中透红，身上看起来像是至少一个月没有见过水了。

高原上的风大，沙也凶，天气算不上太冷，但也要穿大衣，毕竟边上就是雪山。

他们有的穿了毛衣，有个小男孩儿就穿了一件很薄

的单衣。

我让阿根和他们交流，给他们拍了几张照片。

告别他们之后，我们继续往然乌湖走。天气很晴朗，天很高，几乎没有云。

然乌湖的水很平静，在阳光之下泛着蓝绿色的光，湖面平静，没有一丝波澜，远处冰雪覆盖的山川也平静无言。

真是湖光山色。

虽说大家都说羊湖才是圣湖，是最美的湖泊，但是对我而言，羊湖的美有些张扬，水蓝得像是假的，周围的山却不高，不如然乌湖这种四面被高山环绕的小家碧玉。

湖水蜿蜒变成小溪，流进村庄里面，因为现在不是雨季，水并不深，连这些浅浅的溪水都是碧色的。

不过听说这些溪流也就远看美好，走近全是蚊虫，等到雨季就被牛羊粪便充斥。

从然乌离开之后，我们去了仁龙巴冰川，也就是那个说出"修好了路，谁来骑我们的马"的机灵小伙子的村庄。

说实话，去之前我对冰川的想象是幽蓝的一串巨大冰块，为了追寻这种巨大而沉默的蓝色我还去过贝加尔湖寻找蓝冰。

但是真的面对帕隆藏布的源头仁龙巴冰川的时候，我才发现冰川好像并没有我所想象的壮观。

进去先要坐藏民的车，因为位置不够，大部分人坐然乌湖的水很平静，在阳光之下泛着蓝绿色的光，湖面平静，没有一丝波澜，远处冰雪覆盖的山川也平静无言。真是湖光山色。

在皮卡的斗里，一路上翻越荒坡，越过河流，吃了一嘴的灰。

我把相机伸出窗外拍照，没有一张照片不是虚的，缩回来的时候上面覆盖满了细细的黄沙。

等下了车再骑马到冰川脚下，海拔已经四千六百多米了，因为天气逐渐热起来了，冰湖消融，我们并没有走到冰川脚下。

只能远远地看着冰川脚下泛着蓝光的大冰块。

要回去的时候却犯了难，马全被骑走了，山上没有网络也没有信号，幸好有人带了对讲机，才能勉强联系上在半路上的人。

等我们自己走了半程，才有藏民带着马姗姗来迟。

反正仁龙巴冰川就由这两个村子管理，又几乎没有被开发，他们想多悠闲就多悠闲。

下了马之后，又开始等车，我站在路边和一个藏族男孩聊天，他的汉话说得流畅但不标准，他总是不好意思地笑。

我们的对话从他的抖音飘到他家里有几头牦牛，再飘到他们村子里有几户人，直到早就坐满皮卡的人打开车门，对他大吼司机在哪里。

他小声地说："我就是司机。"

我问他："你为什么不走？"

他说："再等一下，万一有人愿意坐在车斗里呢？"

我摇了摇头表示自己并不愿意吃一嘴土，接着问："别的车子呢？"

他又很不好意思地笑了笑说："可能爆胎了吧。"

这种山路，爆胎确实也不稀奇，毕竟在雨季里要坐着拖拉机才能越过河流到达冰川。

离开冰川之后，我们一直顺着帕隆藏布江开，时不时被碧绿的江水引诱得驻足。

阿根说水的蓝色与绿色是被天空映照出来的，但是这明亮透彻的颜色，就算天空乌云密布也没有分毫褪色。

应该是冰川里有很多矿物质。

途经波密和林芝之后，路上的检查站变得多了起来，这也意味着我们离拉萨越来越近。

拉萨，圣城，一个被传说填满的城市。

我倒是不相信什么西藏会涤荡心灵、洗净灵魂之类的话，但是这里的天确实蓝得深邃，好像很近，抬手就能摸到，但是又好像很远，延伸到无限的远方。

八廓街、大昭寺、小昭寺、布达拉宫自然不必多说。

十年之后，重新爬上布达拉宫，走进那些宫殿里，很多陈旧的回忆铺天盖地席卷而来。

那时年纪小，很难理解布达拉宫里面的各种陈设奢华精美到多么令人咋舌的程度。

在不丹爬上虎穴寺的时候，我也有类似的感叹，三四千米的海拔上，在山间建起一座金碧辉煌的寺庙是

月亮走，我也走

多么难以想象的事情。

不丹直到现在也穷得叮当响，西藏五几年的时候才从农奴社会直接迈进社会主义社会。

之前的人寿命也短，也许一张唐卡、一个佛像，就要用尽一个人，甚至几个人的一生。

都说佛教求的是未来而不是现在，我们这些在尘世里只求现在的人，很难理解有人前仆后继，愿意把一切都奉献给精神上的安宁。

由于勃朗尼卡的快门声和它的体形相得益彰，大得就像放炮一样，为了防止别人发现我的"偷拍"，只能让它躺在酒店黯然神伤。

胆小怕事的我总是会想象有一天，因为在街上拍照片而被人一顿臭骂。如果我和康巴汉子扭打起来，他们要做的就是掐我的人中求我不要死。

所以最后一卷胶片，就留给了羊卓雍措。

羊湖是藏民的圣湖，可能是因为她的广阔和碧蓝。

很多年前我去了尼泊尔的烧尸庙，看着无数个伤心欲绝的家庭，亲手点燃火焰，最后把那一堆灰烬推进河里。那条河流进恒河，只要能归于恒河，那些彷徨的灵魂就能得到解脱。

羊湖更加平静，更加圣洁。

如果不是亲眼所见，我怕不是会以为湖水的蓝色是用夸张的滤镜修上去的。

我不知道用什么样的形容来描述这一汪广阔的蓝色湖水。

羊湖其实代指的是一大片湖泊。

我们从主路上离开，驱车几十公里到了一个小湖边，坐下来野餐。

路上我们经过了好几群野生藏羚羊，它们看到我们也并不惊慌逃窜，一直保持着几百米的距离，远远地吃着草。

湖上不断有鸟飞过，它们在湖水中嬉戏。

湖边的草甸里藏了半只腐烂的羊腿。

身边是不断拍岸的湖水，湖的边上有一座山，山顶上有一座庙。

庙里有一个喇嘛，他被称为最孤独的人。

这样的平静与孤独让我想起这样一句话："人们与彼此隔绝也与世隔绝，他们唯一的共同点就是都来自远方。"

我们在路上遇到了一对放羊的母子，也许是很少看到这么多外人，他们很高兴地冲着我们招手大笑。

那个中午，我渴望方便面到了望眼欲穿的程度，靠着过于不加掩饰的饥饿眼神，换来了同行人施舍的一桶泡面。

结果竟然有人带了一大缸子腌牛肉，竟然还舍得让

155

每人都挖两勺。

就这样，看着这样的风景，我们三个人分了一桶人生中最好吃的红烧牛肉面，也是唯一一次牛肉面里真的有肉。

我在然乌的时候点了一碗牛肉面，老板讪讪地说，他家的牛肉面肉不多。

我想毕竟是高原，老板还愿意提醒我一下，人还挺实在的。

结果那一碗面上来，我都怀疑他给我撒了一包方便面的菜肉包，这碗面真是让亲者痛，仇者快。

现在想想，都是有趣的经历。

离开的那一天晚上，阿根难得和我们一起喝酒，听说我是一个会写字的人，他说很希望我能看到更多，看到旅游之外，一些更不加修饰、更沉重，也更真实的东西，也让我的笔带着更多人去了解藏区、藏民。

我作为一个十八线滞销书女作家，笔力不足，先用最不会欺骗眼睛的胶片，带大家去看看他的家乡。

行走在阳朔的山水画中

去阳朔纯属临时起意，在打工和毕业论文压力的缝隙里挤出了三四天的时间，找一个安静的角落，心无旁骛地睡几个懒觉。

从上个国庆节的风雨张家界开始，我的旅途都不怎么顺利，总是和风雨相伴。

虽说烟雨漓江也是别有一番风味，不过刚去的第一天，在兴坪看到一片暮色沉沉，心里还真有几分担忧接下来的旅程。

从深圳到阳朔，高铁只要三个多小时。阳朔站冷冷清清，空旷的站台上人并不多，刚一下车就能看到两边连绵不绝的山脉。

　　阳朔的山其实并不算高，不如张家界的奇绝，胜在层峦叠翠，近处的山是翠色的，远处的山逐渐染上黛色，再慢慢变成深浅不一的一片剪影。

　　烟雨迷蒙的时候泛舟江上，仿佛"行至朝雾里，坠入暮云间"，就像走进了画里一样，让人一时觉得这恼人的淅沥小雨都变成了脚底烟云。

　　兴坪的商业化味道没有阳朔那么浓郁，更适合我这种一觉睡到十点多，出门随意走走就觉得很满足的人。

　　旅舍就在古镇的渡口，坐在床上就能看到连绵不绝的山丘，天台上更能喝着茶，看着咫尺之遥的水光山色。

　　古镇其实很普通，和中国的每一个古镇都差不了多少。无外乎是买些并不古的古董和并不当地的当地特产，没有看到轰炸大鱿鱼就已是意外之喜。

　　镇子里的古戏台上摆了两个外国假人，穿上士兵的衣服，荒腔走板地立在那里。

　　不过我愿意把这视为，开发和商业化还不到位才导致的情况。

　　古镇里的本地人并没有离开，房子也都是陈旧的，有的甚至只剩断壁残垣。

　　一楼用来开店，二楼就是本地人的家，所以在古镇中行走的时候，还是能看到很多生活细节。

　　沿街有很多老人卖自己做的泡菜，或是一群人聚在一起卖力地做当地的松花糖，还有在路边支起小摊子烧竹筒鸡的。

竹筒鸡和啤酒鱼一样，号称阳朔特色。看起来很有趣，把鸡塞进一个很大的竹筒里，和一些中药材一起炖上一个小时，炖好之后大家就着竹筒喝汤吃肉。

生意好的店家门口有一整面墙的旧竹筒，都被烧得黑乎乎的，象征着他们的手艺高超，生意兴隆。

主要也就吃个形式，味道嘛，普通。不过一只走地鸡一百多，也算是合理，虽然具体走了几天地就不得而知了。

当然更多的是几个老人搬上几把小竹凳，跷着二郎腿坐在街边，看着我们这些来来往往的游客。

古镇上的店家也纯朴，吃饭之前先上一篮自家种的柑子，从树上摘下来还不到两个小时，皮都还是脆生生的。

这边家家户户都种橘子、橙子、柚子或是金橘，走在路上常能闻到一股浓郁的异香，往路边一看就能看到一片开了花的柚子林。

离古镇不远有一个小岛，在码头上船，只要几分钟就到了对岸，到了放学时间，有很多学生和我们一起渡河，估计是岛上没有学校，要到镇上上学，晚上就坐船回家。

岛上住着许多农户，有着大片的果园和农田。我们在人家之间穿行，看到有人门口架着竹竿晒腊肉，有人的院子里还放着老式的脸盆架，上面搭着的毛巾还滴着水。

成群的鸡鸭自由欢快地奔跑，还有牛群在江边吃草。

月亮走，我也走

159

只要愿意，鸭子还能出溜进漓江里，等玩够了再踱回家。

江上有些本地的渔民，撑着竹筏，带着三两只鸬鹚捕鱼，竹筏前还挂着一盏老式的提灯。

江边停了大大小小很多竹筏，上面有很多鸬鹚在休息，还放着喇叭形的鱼篓。

那些鸬鹚并不怕人，人走得很近他们也不会躲闪。

有个在船上修补渔网的渔人，看到我对这些小家伙很感兴趣，就披上一件民族外套，让两只鸬鹚站在竹竿上，把竹竿扛在肩头。

他还告诉我们，这些鸬鹚从来不会把捕到的鱼上交，不从渔网里偷鱼吃已经算很不错了。

岛并不大，我们绕了一整圈也不过一个小时左右，游人也不多，毕竟岛上其实没有什么特殊的风景。

我倒是很喜欢这里的氛围，感觉不必非看什么，非做什么不可，在江边走走就很舒服了。

兴坪并不大，再坐个竹筏去九马画山看看也就基本上玩完了。

只是兴坪的竹筏和十里画廊的不同，不是靠船夫撑船，而是靠轰鸣的发动机，路上听不见风声、水声，只有发动机声。

而且到了九马画山也并看不见山，因为竹筏只能到山脚下，全景非要到对面才能看到。

九马画山对面是相公山，那里是阳朔风景最好的所在，坐船过去只有几公里。不知道我们怎么想的，非要

那些鸬鹚并不怕人，
人走得很近他们也不会躲闪。

开车过去，结果南辕北辙，路程变成了将近两百公里。

相公山应该是集阳朔风景大成所在之地。从相公山上刚好能看到漓江的一个转弯，而且因为地势高，原本从平地仰望十分高大的山脉都有了层次感。

躲在群山中的山村和田地也变得十分渺小。

那天的天气依旧雾色浓重，云雾缭绕，空气里全是水汽，山色清冷，江水也是墨绿色的，远处的山川快要淡成墨色。

雾影重重之间，山河染上了神秘的色彩，法国朋友说，他们把这称为"On dirait que des dragons vont surgir de ces montagnes"。

他们说，这样的山川中会有龙抓破雾气，横冲直撞地飞出来。

人在这样的山水之间小到不值一提，世界变得异常开阔。

看过相公山的风景，十里画廊反倒变得普通了，只有上到半山腰的骥马码头那里，才能在成片的油菜花田中看到远山的连绵起伏。

不过由于地势不高，所见的山都显得过于高大，不够有层次感。

在上山的路上，我们遇到了三两个村民一起在溪间浣衣，捣衣声不绝于耳。她们的身边游弋着一群懒洋洋的鸭子。

　　这安逸的样子，真是让人羡慕极了。

月亮走，我也走

七里堡的葡萄

今天的济南突然下了一场雨，天气骤然冷了下来。

我和朋友往七里堡走，也不管地上汪着明晃晃的雨水，天上还飘着毛毛细雨。

学校北门外有一个生意红火的水果店，老板很懂生财之道。

在学校封闭的时候，每天免费推着板车把我们在网上订好的水果送到天桥底下。

那里的栏杆有一个缺口，恰好能容纳一只饥饿的手。老板手上掌握四个群，攥着大学生的水果自由命脉，为了提高效率，他建立了一套点单制度。站在天桥下翘首以盼的我们无须多言，报出几个数字，五秒之后水果就递到了手里。

老板气定神闲，一切成竹在胸，收钱也是不急的，不用一手交钱一手交货，拿到水果之后找时间在群里发红包就好。

从来也没听过谁偷偷抢了别人的红包，或者是拿了水果就跑了。

很大气的老板。

老板还在水果店门口放了一个大喇叭，拖着长长的尾音喊："甜！甜！甜！真甜！真甜！甜得受不了啦，太甜啦！"

连感叹号都被喊出来了，声音里都带着甜味。

我们被这样的甜味驱使着走上了去七里堡的路。

七里堡是一个嘈杂的菜肉批发市场，主要的摊位卖水果和蔬菜，肉和水产的档子畏手畏脚挤在一个小棚子里，阴暗潮湿。

已经病逝的鱼摆在档口前的排水道上贱卖，用很厚的防水布架起来的水池里，游着并不太多，也并不太活泼的鱼虾。

肉档也不热闹，也可能热闹的时间在早上。

这里并不漂亮。

不宽的路上堵满了货车，车斗里装满成箱水果的三轮车在路上横冲直撞。

地上也不可避免地乱糟糟的，扫地的大叔大妈杯水

车薪地把丢弃的水果和菜叶扫成一堆，地上的污渍还是顽固地留在那里，看多了也就不碍眼了。

济南的扫把很好玩，是用拆散的编织袋做的，五颜六色的小彩条堆砌在一起，很热闹的一大把。

一走进市场，最先看到的是成箱的葡萄，巨峰葡萄正当季，各种品种的葡萄都纷纷涌现。

有的还带着叶子，新鲜得要滴出水来。

我觉得还是巨峰最好吃，巨峰单刀直入的酸味很突出，不是甜到平淡，除了甜味一无所有的普通葡萄。

葡萄和别的水果不一样，一定要在甜味的基调上带点酸味才好吃，要是有难以言喻的葡萄味儿就更好了，那是一种明亮的，吸饱了阳光的味道。

我总觉得葡萄是很娇贵的水果，没想到在这里成箱成箱地从车上卸下来，大大咧咧地堆在一起，毫无脾气。

上面还留着层白白的霜，用心的档口用葡萄叶遮住最上面的葡萄，下面的葡萄紫红交杂，娇艳欲滴。

偏僻的角落里有两个四壁空空的大档口，屋子里面层层叠叠堆满了南瓜。

一个大爷坐在角落里，拿着一把大刀慢条斯理地啃苹果，背后有一个旧木桌，桌上放了一个比桌子还旧的烧水壶，一个钢碗，一个保温杯，还有一颗明显异于常瓜的大南瓜。

大爷吃着苹果的脸映在镜子里，他说："这颗瓜可好咧。"

丝毫不考虑那一屋子受到冷落的南瓜。

山东的冬瓜也大得出奇，一个大冬瓜动辄几十斤，个头大的五十多斤一个也不稀奇。

要知道在南方的超市里本就不太大的冬瓜还要切成一片一片的卖。

老板用上一根烟的烟屁股点燃了一根烟，让我们试着去抱那个最大的冬瓜，它要是装对儿轮子，我们可以坐着去上课。

什么样的土地能孕育出这样的庞然大物呀。

说到大，那就不得不提章丘大葱，市场的一条小路上聚集了一片卖大葱的店，走在一边都能闻到一股略有刺激性的葱辣味儿。

大葱不吃叶子，只吃下面的葱白，那段白很美，如玉、如雪，是很纯粹的颜色，再往上到与绿叶交汇的那一段也是很美的淡绿，绿得很轻盈透亮，就像大蝈蝈薄纱一样的翅膀。

光有大葱还不够，一边还放了整整一塑料袋剥好的大蒜。

卖葱是不需要秤的，不论斤卖，直接一捆一捆卖。

一圈转下来，我最大的感受就是"这也太多了吧"。

不管什么都是大份的，卖韭菜就是一小皮卡的韭菜，卖西瓜、哈密瓜就堆成一座小山。

月亮走，我也走

167

卖洋葱和土豆的就更不用说了，一两个大叔大妈坐在叠成背景墙的土豆、洋葱前，戴着手套，不知疲倦地扒拉着土豆上的泥土。

变得油光水滑的土豆又被放回蛇皮麻袋里，重新被堆成一堵背景墙。

一个伯伯看我们游来荡去，主动朝我们招手，让我们拍拍他的小油菜，边招呼着还举起两棵让我们仔细拍。

一旁扫地的大爷经过，也要拉别人来拍张照，还指挥着我们到卖西红柿的摊子上拍排列整齐的西红柿，眉眼之间满是对摊子上蔬菜的自豪之情。

最后手舞足蹈对我们说，要拍就要去地里拍，那才叫壮观。

我们去的时间是中午，气氛有点昏昏欲睡。

很多大爷大妈在档口里摆一张行军床，带一个小电磁炉，吃喝睡都在铺子里。

中午就披上外套睡在半撑起来的行军床上，要是有人要买菜，他们就爬起来，称完菜再跌回那个凹陷里。

之前我对山东是农业大省没有概念，现在才看出来这真是一片富饶的土地。

悦悦家为了避免地被荒置，每年花几天种小麦，一年浇两三次水，此外任由它们生长也能有不少收成。

说是几天是因为地里完全不用管，反正也不图赚钱，让它们肆意生长就好，最多播种、打农药、收获的时候需要忙一下。

她说，这样种地基本上不赚钱，但是父母就是没有办法完全离开土地。

在七里堡逛完一圈，外面一副风雨欲来的样子，我们找了个小餐馆躲雨，刚刚坐下雨点就落了下来。

老板娘赶紧把桌上的花花草草都搬出去淋雨，她招呼收银的阿姨把二楼的花也搬出去，她说："快点的，不然它们看到别的花在外面吸收营养多嫉妒。"

阿姨说："没事，它们在室内，也看不到，平时也不在一起，它们也不会聊天。"

我们两个听了这对话，扑哧一声笑了出来。

老板娘有点不好意思地看了我们一眼说："她就这样，懒得很。"

我们冒着小雨走的时候，她还坚持要打伞送我们一段。

我真觉得济南是个美好的城市。

在东营赶大集

开往东营的大巴终点站叫孤岛，中间还有一站叫仙河。这两个名字都很仙气飘飘，让人浮想联翩。

不过东营并不是一个富有浪漫主义色彩的地方，这里平坦、广袤，空气里弥漫着尘土。十一月初，几乎家家户户门口堆着晒干的玉米。

我们来，是为了去滨州赶大集。

悦悦家在利津，离滨州十几分钟的距离，我们住在她家里。悦悦说，利津也有集市，滨州的集市是他们每年过年才赶的大集，每逢初一初六才有。

为了赶集，悦悦还特意随身带了现金，这边有很多大叔大妈不会手机支付，现金必不可少。

刚一下车，就遇到了一个用铁桶卖烤红薯的大叔，他拍着胸脯保证，红薯不甜不要钱，而且皮也洗干净了，连皮都能吃。

胖虎总是说，烤红薯皮才是烤红薯浑身上下最好吃的地方。

付钱的时候，他说烤红薯的摊主其实是在河边钓鱼的，他不会用微信支付。果然要用现金。红薯也果然甜得粘嘴，靠近外皮的那块儿红薯肉被烤得发硬，外侧稍微烤焦，流出又香又甜的糖浆。

比拳头还大两圈的红薯才三块钱，我们两个人你一块我一块，吃到嗓子眼都被糊上了才吃完。

不远处有一个爆米花摊，是那种会"砰"的一声响的老式爆米花。

大妈负责收拾摊子和卖爆米花，大叔负责烧炉子，还兼职给人烧钓鱼钩子。

大叔把炉子烧热之后，倒了满满一缸子玉米粒进去，然后打开一个小药瓶，放几颗糖精，用一根铁棍把炉子关上，把炉子架在碳上。

糖精可是真不健康，可这种老式爆米花不配上糖精在上颚留下的那丝甘甜味儿，还真就缺了点意思。

现在的炉子也是自动的了，完全不需要手摇，大叔就坐在边上和他的老伙伴一起抽烟聊天。只要盯着炉子上的压力表就好了。

等上个五六分钟，就到了激动人心的开炉时刻，大

叔把炉子伸进一个网格袋里面，用那根铁棍卡住炉盖，猛地用脚一踩，一时之间爆米花飞溅，他也被一片白雾包围。

空气中充满甜蜜的谷香，又温暖又干燥。

爆好之后不立刻吃，要倒在一个带漏网的大铁铲里，散会儿热之后把里面的渣子抖掉才脆。

我不知道有多少年没有看到过这种爆米花了，当年我觉得能够直面那一声巨响的人都是最勇敢的勇士，现在才觉得比起直面巨响，能够面对生活旷日持久的蔫儿响才更需要勇气。

我最喜欢爆大米淡淡的甜味，米粒刚一进嘴就融化在舌头和上牙膛之间。

这种灰头土脸的味道虽说平淡普通，但就是那股淡淡的，难以言喻的，炉膛里灰炭和谷物被炙烤的味道，让我觉得很是想念。

除了农村，哪里还有这种素淡的爆米花呀。

农村里好玩的东西多得数不清。提着爆米花刚回悦悦家待了一会儿，我们就跑去她家的地里拔萝卜。

利津的盐碱地和沙土地多，最适合种萝卜，不管是青萝卜还是胡萝卜都可以。

种下种子之后不用浇水也不用施肥，只要等到冬天，或者是来年春天到地里收获就好了。

我们带了一个小铲子，先是用铲子挖土，然后徒手沿着萝卜的形状把土抠出来，再抓着叶子一拔，各式各样长得奇形怪状的萝卜就展露了头脚。

可能是因为种得太密了，我们净挖出来一些歪瓜裂枣的小萝卜，第二天在集市上发现，别人拿出来卖的和我们自己挖的也差不了很多，真不知道超市里又大又整齐的萝卜是怎么长出来的。

小萝卜虽不好看，但由于沙土地的温差大，比正常萝卜要甜不少。

悦悦家还泡了一盆青萝卜，准备腌成咸菜冬天吃。

她家里还有自己晒的柿饼。个头不大，颜色不红也不亮，上面只有薄薄一层糖霜，但掰开之后里面是流心的，而且甜得也不过分。

要说到柿子，这里的柿子简直多得吃不完。

我们在村子里闲逛的时候，看到有几家人的柿子树结满了果实，枝头都快要被压弯了。

树长得也高大，至少有两层楼高，满树高结小灯笼，足足有几百个。

我问悦悦，为什么这么一树的柿子也没有人管，悦悦带我走到一个后院，指给我看后面有几棵结满枯掉枣子的枣树，还有石榴都裂开干瘪的石榴树。

邻居家养的鸡还在石榴树下下了一颗浑圆饱满的鸡蛋。

她说，这家已经没有人了，年轻人都去城市里工作，老人也不在了。每年都任由这些果树生长、结果，也任由这些果实在树上腐烂。

村子里的石榴树、枣树和柿子树是最多的，果实多

到挂在树上吃不完，看得我心生羡慕。

村子里最多的，其实还是芦苇，只要有一片平地，地上一定蹿起一人多高的芦苇，边上堆着晒干的棉花壳子。

芦苇地的间隙里种着小麦，现在的小麦还只有短短的一茬，小麦是要过冬的，最多三年种两季。小麦耐寒，要是不过冬就没有淀粉，就算冬天被厚厚的雪埋住也能活下来。

村里还有一家面粉厂，村民种的小麦直接送过去变成香软的面粉，做成厚实棉被一样的大白面馒头。

面粉厂的外墙有一个排风口，排风口用一个布袋子套住，一头放在墙脚下的大缸子里。

里面是半缸子白花花的面粉，墙上和屋檐上也落满了白花花的面粉，就像下了一场大雪。

里面的机器一运作，外面就大雪纷飞。

整面墙都是软绵绵的，按下去就是一个手印，像是一墙香软的白云。

晚上，我们在屋子里用干玉米棒引火，点起炉子，把屋里烤得暖洋洋的，伴着门外大白狗的嚎叫声沉沉睡去。

第二天一早就起床去滨州赶大集。

滨州离利津并不远，开车十几分钟就到了。

集市在一条很宽的路上，走进去之前，有一个石碑写着单家寺西街。

清早就开始，直到日落才完全结束。

农村的集市，自然是琳琅满目。卖布匹和衣服的自然不必说，卖食物的摊子还是占了大多数。

有人用隔水布搭了个池子，卖大头鱼，要是有哪条翻了白肚，就扔进一个大盆子里减价抛售。

除了各种时令蔬菜，还有人架起机器当街炼香油、磨芝麻酱。有人炸油条，把炸好的都放在一个竹筐子里，用白布盖着。小孩子喜欢的冰糖葫芦和爆米花也少不了。

秋意已经深了，硕大的板栗油亮油亮的，山楂也熟了，柿饼也已经晒好了。

还有大爷开着三轮车进来，车斗里是用棉被裹着的大白面馒头。

当然，那些三轮车斗里最多的还是为过冬准备的大白菜。

几乎人人都提着大白菜，有的人用两个塑料袋装着白菜，塑料袋把手打上结，一个挂在胸前，一个耷拉在背后，腾出双手插在兜里，潇潇洒洒往前走。

开锁的大爷也好玩，戴着墨镜，手里攥着一片黄叶，身后兼卖挂历的三轮车上还挂着两袋大白菜。

在集市的边角上，还有一个大爷卖菊花，我们听说广饶大王的菊花很不错，没想到大爷种出来的菊花也很漂亮。

我印象中的菊花都很富态，富态到俗气，这次一看，那不叫俗气，应该叫热闹。

175

秋天冬天就是需要这种热气腾腾的花在庭院里开放才好。

大爷还很细心地给每一盆花都写上了标签：红得深沉像是宫墙一样的叫北京红，个头小小的绿的叫春水绿波，每一片花瓣都支棱着的橙的叫金鸡报晓，白如雪的叫大富豪。

别看大爷穿着随意，说起养菊花那可是口若悬河，如数家珍，他的字也遒劲有力。

让人不禁想象他是俗世奇人，归隐于这小小的集市上。

山东人朴实又热情，和谁说话都笑呵呵的。

前几天我在学校里拍灰喜鹊，收垃圾的大爷叫我给他拍一张竖大拇指的，拍完又说不行，还是要拍一张在工作的，说着立刻从垃圾桶里翻出两袋垃圾，让我拍他提着垃圾的样子。

实在是太可爱了。

在农村里更是淳朴。集市的路两边有人家，很多人晒了玉米在自家门前，有的晒好了的就放进一个圆柱形的铁丝网桶里堆着，路上的人来来往往，他们也不怕被人随手捡走。

悦悦说，家家户户都有，谁也不惜得这种东西。

我还发现稍微上点年纪的女人喜欢带头巾，集市上也有专门卖头巾的。一块三角形的布料，两个小角在下巴上系起来，让头巾从额头一直遮到发尾。

看来这里还是风沙不小，黝黑的脸上早早出现的皱纹是风吹出来的口子吧。

别看集市不大，一横两竖，三条街就没了，我们却逛了足足两个小时，走的时候欢天喜地，手里大包小包的。

每当想到集市上的蔬果都是那些摊主用双手从地里耕作出来的，都是从这片土地里生长出来的，我就觉得连那些不太好看的萝卜都面目可亲了起来。

大白菜收了一茬又一茬，他们的手也粗糙上一层，那就是土地带给他们的坚实力量吧。

月亮走，我也走

红叶谷的柿子

红叶谷要从清早的一场大打出手开始说起。

六点出头，我们踩着清晨熹微的光，穿过金光闪闪的小树林去了通往红叶谷的车站。

悦悦说："不知道为什么，早晨的空气总是会让人精神为之一振。"

她自己又补了一句："可能是因为冷吧。"

济南的秋天还要着夏天的脾气，偶尔阳光明媚，偶尔狂风暴起，好在今天是真正的秋高气爽，天蓝得宁静深邃，这样的秋天再睡熟一点，冬天就要来叩门了。

在车站，我们远远地就看到了一群穿着登山服，背着登山包的大爷大妈，大家都伸长了脖子等待公交车的到来。

经历过芙蓉镇滑铁卢之后，我对大爷大妈心生敬意，退避三舍。

果然，车还没停稳，大家就把车门团团围住，勉强排出了一条歪歪扭扭的队伍，后面的人你推我搡，好像生怕司机改变主意要开走一样。

车门前虽然只汇集了几个动作最敏捷的高手，但是依旧争抢出了一幅人潮涌动的画面，让我想起我妈说她们小时候在冬天为了取暖玩的"挤油"游戏。

一个个子很高的小伙子被推急了，冲着后面的人吼了两句，他身后一位个头娇小的大妈对号入座，感觉受到冒犯，跳起来照着他的后脑勺来了一下。小伙子情绪激动地转过身来，没有看见只及他腰的大妈，对着大妈身后无辜的大爷破口大骂，手伸过去要揪别人领子，眼看着就要撕扯起来，好在后面人潮汹涌，把他的骂声和人一起推进了车里。

大妈更横，车也不上了，叉着腰站在车门口哇哇大叫，大爷早就不知道躲到哪里去了。

巾帼不让须眉啊。

我站在五米开外，躲在公交站牌后面看得挺乐和，自我安慰似的对悦悦说："咱们到了别人这个岁数可没这样的闲心和精力，老当益壮啊。"

悦悦说："要我我也不骂，往地上一躺看谁敢动我。"

我就在想，红叶谷到底是个什么地方，值得一大清早的让这么多大爷大妈为之魂牵梦绕。

在去往红叶谷的路上，高楼逐渐消失，我们来到济南的乡下，等到路边的家家户户门口都有一棵挂满果实的柿子树时，红叶谷就不远了。

路上还遇到了一片规模不算大的集市，等到周日再往东走，到了西营就可以赶大集。

红叶谷并不是很大，山也不高，但是层峦叠翠、层林尽染，山坡上红橙黄绿各种不同的颜色堆叠在一起，色彩跳跃，光芒可以照耀整个秋天的凋零。

远看的时候层次分明，不同颜色的树零零散散地分布在山坡上，等人走进树丛中，又别有一番风味，阳光刺眼，树叶也被照得透亮，天是深蓝色的，蓝得大胆，树叶的色彩也浓郁到张扬不羁。

这样的秋天是专属于北方的，南方很少能见到这样五光十色的秋天。

古人写秋天多发悲声，在这种色彩斑斓的秋日风光中一切长吁短叹都被一洗而空。

这种秋天闹腾、热烈，不是苟延残喘的夏天，也不坐以待毙等待着冬天的降临，而是像那位老当益壮的大妈一样，又起腰来，声如洪钟的秋天。

不过悦悦告诉我，在山东，落叶就是两场风的事情，一场风过去，摇下半树秋光，再一场风过去，什么浓妆艳抹都要等来年了。

在这样的热闹中，只有柿子树是肃杀的，大部分的叶子都已经从枝头掉光了，橙色的果实颤巍巍挂在枝头，这些跳跃的火焰点燃了遒劲荒芜的枝头，等不多时就可以吃了。

我们学校里也有几棵柿子树，可是没人修剪，个头蹿得很高，柿子却不结几个，而且无人管理都烂在了树上。

青岛校区的柿子倒是长得很繁盛，成群结队的小灯笼沉甸甸地压低了枝头，但是据说一夜之间都消失了，可能被人趁着夜黑风高钩走了。

校园里并不贫乏，有两棵木瓜树，几棵柿子树，还有几棵银杏树。

我们晚上散步的时候，常看到大爷提着大塑料袋把地上掉落的银杏果一扫而空，我们停下唠几句，收获银杏果的料理方式，留下满手的银杏臭味。

红叶谷里里外外有很多当地人摆摊卖东西，这个季节当然是卖柿子、山楂。

搬把小凳子，人就往路边一坐，一坐就是一天，反正都是自己家里树上长的东西，来了人买与不买的都可以聊上两句。

这个季节脆柿子已经下来了，挂在树上的软柿子还差点意思。

当地人说，要是现在摘下来就要和水果一起放着催

催熟，要不就等着，等到太阳直接把挂在树上的柿子晒熟了，晒化了，那才是最好吃的。

我们这种住在城市里的人无福吃到这种柿子，因为柿子熟到了顶，那层果皮吹弹可破，捧在手里都怕一个跟跄就破了，只有院子里守着一棵柿子树的富贵人家才能吃到。

其实我更喜欢吃脆柿子，比起软柿子的甜腻，脆柿子清新一些，甜味也淡一些，尤其是里面那有韧性的籽儿，甜甜脆脆真是好吃。

而且凝露过了，属于秋天的最后一个节气过去了，露凝为霜，柿子才是真的甜了。

老舍给他的四合院取名叫丹柿小院，一听就有甜甜的暖气包围全身。

虽然老舍用"温晴""响晴"来形容济南的冬天，又让"秋神"住进济南，仿佛和我们现在看见的济南完全是两番风光，但起码对柿子的热爱还是一致的。

"家居骊山之南，白鹿原原坡之北"的陈忠实也爱柿子，他的柿子叫火晶柿子，在他的描述里那简直是一层皮裹着一颗柿子汁儿球，到了插根吸管就能嗫的地步，也只有西北的太阳能晒出这样的柿子了。

清末蓝田县县志里记录了一个冻死柿子树的奇冷冬天，编者写道："柿可当食。"这可不是什么称赞柿子的好话，而是说什么粮食也不剩，拿柿子当饭吃。

陈老说在 20 世纪 60 年代初，"临潼山上的山民从生产队分回柿子，五斤顶算一斤粮食"。他把这称为一

橙色的果实颤巍巍挂在枝头，这些跳跃的火焰
点燃了道劲荒芜的枝头，等不多时就可以吃了。

种残酷。

毕竟再好吃的柿子，甜丝丝的当饭来吃肯定不行。我爸说他们小时候没有饭吃，又大又甜的红薯吃到想吐。

小时候我很喜欢吃柿子，总被大人劝要少吃一点，不然长结石，而且和柿子相关的禁忌还不少。不过我想反正什么吃多了都不好，少吃一点总是无妨。

最近读到红楼梦里面，宝玉到天齐庙里求"疗妒汤"，其实就是用秋梨熬糖水，江湖术士王一贴道："一剂不效吃十剂，今日不效明日再吃，今年不效吃到明年。横竖这三味药都是润肺开胃不伤人的，甜丝丝的，又止咳嗽，又好吃。吃过一百岁，人横竖是要死的，死了还妒什么！那时就见效了。"

说得真好，中国人讲究的食补嘛，早晚都是要见效的，要是不见效那就是时候没到。

我老感觉济南的柿子糙一点，比不上西北，或是广西的柿子皮薄肉嫩，样子也长得随心所欲，甚至想象不出来陈老文章里一点筋骨都没有的火晶柿子是什么样的。

不过在红叶谷切实看到满树满树的小灯笼挂在树上，光秃秃的枝丫有几分枯藤老树昏鸦的意味，宣告秋天的逐渐离去时，突然觉得济南的柿子和济南是差不多的，并没有什么出人意料的特别之处，甚至有点粗糙，不修边幅，但也年复一年沉默地长出汁水横流的果实。

就像陈老说的："这是乡村。那是城市。大家都忙着。大家都在争取自己的明天。"

随波逐流这件事，

我是熟门熟路的。

潜

水

03   第三辑

那些与死亡相关的巴黎博物馆

巴黎的许多博物馆或是纪念堂都和死亡相关。

在那个天阴成白色，空中飘着毛毛细雨的下午，我本来打算去地下墓穴看看。

那里从18世纪的大瘟疫开始，一直作为公墓使用，埋葬了六百多万具尸体。

其实现在供游客参观的地下墓穴只有几百米长，真正的墓穴延绵几百公里，盘踞在这座繁华光鲜的城市下面。

之所以不被称为墓园，而是墓穴，是因为只要钻进地下，看到的就是成堆的，被码放得整整齐齐、满满当当的人骨。

这里没有一个名字。

我发现法国人对于直接展示死亡没有太多顾忌，前段时间我去了一个关于古生物学和比较解剖学的博物馆。

第二、三层是关于古生物学的，馆内摆满了各种巨大的骨架，我看了倒是没什么特别的感受，只觉得震撼。

第一层就比较特殊了。

架子上堆满了用福尔马林泡着生物或是器官的罐子，里面有一个头上长了两个身体的小猪，或者是长了两个头的猫。

还有发育到不同程度的人类胎儿骨架，它们大大小小站成一排，在高高的架子上盯着下面。

还把人脑和各种动物的脑子放在一个架子上比较。人嘛，也是动物的一种。

甚至一个板子上有一张完整的人脑神经，这可不是照片或是画，那些像是树枝一样的小分叉是真的神经，它们指导过一个人的一生。

我边逛边想，要是在国内，这绝对不可能是国立博物馆，哪可能让家长和老师们带着小孩子们拿着纸笔边看边记。

于我而言，去这种类型的博物馆多少有点猎奇的意味。

然而里面的那些小朋友脸上都坦坦荡荡的，他们是好奇的，而不是恐惧的，他们想知道那些泡在瓶子里的灰色的东西到底叫什么名字，而不是像我一样带着扭曲这里没有一个名字。

的惧怕与兴奋。

我想猎奇这个词首先需要大众认定某种东西是不正常的，要是大家都心平气和地对待，那自然也没有奇可猎了。

不过运气不好，那天当我慢吞吞地赶到地下墓穴时，当天的票已经卖完了，只好灰头土脸地离开了。

在去火车站的路上，我想来都来了，说什么也不能无功而返，干脆随便在地图上找个景点进去打发点时间。

当看到 Panthéon 这个名字的时候，我脑袋空空，点开网址看了一眼，对学生免费。

嘿，那还说啥呀，咱都来了。

去了门口我才知道，原来这就是先贤祠啊。里面埋葬了很多对法国有重大意义的人，可以说他们塑造了法国的民族性。

政治家和军事家我不懂，可是文学和思想史上那些大名鼎鼎的名字我还是知道的。

走下盘旋的楼梯时，并不太宽敞的甬道一边放着一口很大的棺材，一个是伏尔泰，一个是卢梭。

卢梭的棺材上雕刻着一只打开门，伸出来的手，手上拿了一支火炬。

伏尔泰的雕塑前有两个射灯，把他的影子拉得又长又大。他的面孔被光打在他身后的一根石柱上，高耸的鼻梁显得很坚毅。

先贤祠里的光打得很好，既不太亮堂，保持着神秘恍惚的感觉，又不过于昏暗，大理石建成的甬道结构简单又圆润，光打在上面投出规规矩矩的几何阴影。

地下室里面像是迷宫一样，以我的法语水平，实在是看不出个一二三四来，不过就算能看懂，没有背景知识也还是头脑一片空白。

于是，我决定，去找左拉。

我唯一读完的一本法语原著就是左拉的《悲伤的桃乐丝》，在本科写毕业论文的时候还考虑过要不要写透过左拉的《萌芽》看法国的社会史。

和左拉葬在一间房的是雨果和大仲马，门外的墙壁上刻着的却不是他们的文字，而是黑人诗人 Aimé Césaire 的几句诗：

我活在神圣的伤痛中

我活在想象的祖先中

我活在模糊的欲望中

我活在漫长的沉默中

我活在无法弥补的渴望中

边上写到，他为了全球范围内的反殖民化和人权运动

193

而付出努力，用他的文字和行动展现出展望明天的力量。

另外一条甬道里，在一盏灯下面写着："为了纪念在 1830 ～ 1848 年革命期间为了捍卫他们的理想而倒下的牺牲者们。"对面的墙上是一片密密麻麻的名字。

一层的大厅里最显眼的两个雕塑一个是纪念法国大革命之后的国民公会，雕塑下面有一行没有颜色的阴文：不自由，毋宁死。

另一个雕塑是纪念在大革命中为了理想付出生命的被遗忘的，无名的人。

大厅最高的拱顶上吊了一个铜球，它在不知疲倦地来回摆动，这是博科摆。它第一次被搬进先贤祠的时间是 1851 年，它的摆动让人类第一次证明了地球的自转。

而另一边，是一个小型展览，追溯了法国从 18 世纪至今为废除死刑而进行政治斗争的过程。

我想，先贤祠的存在大概是为了保留住人类身上的美好，讲述人类是如何探索外界与自身，如何守护自己相信的东西。

为逝去的人建立殿堂，写下他们的成果，不单单是为了缅怀他们，歌颂他们，让他们成为神，而是为了让未来的人不惧于前行。

神话讲述的年代从来都是不重要的，重要的是讲述它们的时代。讲述历史，直面死亡，是为了现在与未来。

写在巴黎地下墓穴中的文字

几经周折之后，我终于去到了巴黎地下墓穴。

墓穴的甬道极其漫长，它盘踞在巴黎的城市之下，里面卧着六百多万具尸体。

中世纪以来的尸骨一直有埋葬在天主教堂下的传统，然而法国大革命期间，由于人口过多和瘟疫暴发，给无论是生者还是死者都带来了极大的问题，于是法国政府决定把所有的尸骨都转移到一个废弃的地下采石场。

在中世纪的时候，医院与其说是一个救治的地方，不如说是一个为穷人与旅人提供屋檐、食物和心灵救赎的地方。

名为 Trinité 的医院，在黑死病时期为巴黎的病人

提供了墓地，并在最初建造的时候就表示，他们"服务于穷人，与被城市阻隔在外的夜行者们"。

在 2015 年，Trinité 的墓地因一个建筑项目而被发掘出来。后续对于其中尸骨的考古发掘通过那些尸骨重构中世纪时期巴黎人的习俗、健康状况和人口情况。

然而在那些古老的墓地里，没有人有名字，在一堆堆的骨头面前，上面写着他们原本属于的修道院、医院或是墓地，还有迁移到此的时间。

除此之外，他们没有任何除自身之外的痕迹。

这让我觉得有些难过，我们从来都只能记住鲜明的个体，而总是忽略相似的一群人，即使也许他们唯一的相同点就是患了一场病。

虽然六百多万尸骨听起来很多，但是他们所占据的地下甬道，不到巴黎地下甬道面积的八百分之一。

巴黎的地上有多少辉煌的大理石建筑，地下就有多少空洞。

其实现在游客能进去游览的只是少之又少的一部分，其中大部分的甬道都在黑暗中沉默着。

法国朋友告诉我，他们都不屑于去开放给大众的那一部分墓穴。

在巴黎的一些角落，打开下水井盖，就能直接进入这座藏骨堂，那些地方没有经过修缮和整理，维持着最原始的模样。

不过对于我来说，走走被开发好的部分已经有足够的冲击力了。

因为通风的需求，进入地下的人总共不能超过 200 个，进门前有一个灯板统计着在地下的人数。

潜
水

真正进入墓穴之前，需要走一条长长的阴冷通道，通道两边挂着手提矿灯，四周的墙壁都是粗糙的大理石面，脚下全是碎石。

我去的时候人很少，前后都是冷冷的石头，一点人声都听不见，只有我的脚步和碎石滚动的声音回荡着。

我想想灯板上写着的人数，安慰自己有几十个人和我一起在这里，或者说，有几百万人和我一起，没什么好怕的。

进入墓室前的门框上刻着一行字，"停下，这是亡者的国度"。

再往里走，就是骨头堆出来的高墙，经过分类之后，同类的骨头被堆在了一起。有些墙壁由头颅组成，有些墙壁由腿骨组成……

密密麻麻的，让人失去对数量的观感。

吸引我注意力的是几乎每堆骨头前都有一座石碑，上面用法语或是拉丁语写了一些文字，这些后人写给前人的文字让我很感兴趣。

于是我摘抄了一些。

"他们和我们没有区别

灰尘，风的玩物
他们像人类一样脆弱
像虚空一样无力"

"一切正在发生着的
精神、美好、被赐予的天赋
这是一朵如此稍纵即逝的花朵
经不起风的一瞥"

"死亡在哪里？
现在、未来还是过去？
她来过了，离开了"

"记住一日将尽时的愤怒"

"对我而言，死亡即是胜利"

"死亡是慈悲的施舍"

"有时死去比活着更有益"

"诸事变迁、离去

我们离开

唉

不比在抹去一切的海面上滑行的船多留一丝痕迹"

在长长的甬道里走着，四周被白骨包围着，我数不清路过了多少人短短的一生。

他们没有棺材，连一层裹身的白布都没有，他们身体的某些部分被分门别类地堆在一起。

工作人员还用几个头颅堆出了一个爱心形，它在阴暗的墓穴里显得有些格格不入。

有时候我在想，如果在国内的话，这样展示尸骨是否会被认为是大不敬，是亵渎？

更别说在尸骨前放些后人臆测的文字，即使他们是出于大师之手。

但是我又想，抛开对死亡的社会心理和文化背景差异不谈，能够坦荡地在灯火通明的巴黎之下展示由于疾病、城市建设弊病、管理问题所导致的无序、漠视个人，多少带着残酷意味的墓穴，供即使是与这段历史毫无关系的人，去了解，知晓曾经发生在无数人身上的事，是否另一种意义上的尊重呢？

拉雪兹神父公墓的一个下午

　　巴黎市区有一片巨大的墓地，叫作拉雪兹神父公墓，那里有三十多万座坟墓。

　　不过与其说这里是墓地，不如说是一个树影幢幢、雕塑林立的大公园。地形上下起伏，透过树冠的缝隙星星点点的阳光洒在小径上。

　　没有一丝阴霾与消沉，风很柔软，人走在其中，感到巴黎变得温和了起来。

　　虽说这也是一个景点，但在相比之下人迹稀少，即使是在某个名人祭日，粉丝蜂拥而至的时候，也比不上卢浮宫或是凯旋门百分之一的热闹。

　　可能也是由于它十分庞大，在里面行走时只在很偶尔的时候，才会看到两三个闲人。他们有的坐在树荫中读书，有的沉默地读着墓碑。

总而言之，这里没有充斥着整个巴黎的吵闹。

相比于埋葬的是被称为塑造了法国民族性伟人的先贤祠，这里沉睡的名人就更为雅俗共赏了。

如今也埋葬在这儿的巴尔扎克称之为是"一个按影子、亡灵、死者的尺度缩小了的微型巴黎，一个除了虚荣之外无任何伟大可言的人类眼中的巴黎"。

这里沉睡着的有莫里哀、拉封丹、巴尔扎克、普鲁斯特、王尔德、德拉克罗瓦、毕沙罗……

我去那里的本意是想看看他们的墓志铭，不过不知道是为什么，这里的墓碑只写最简单的信息，其余不著一字。有的家族墓不是墓碑，而是一个一层甚至两层楼高的小亭子。

哪怕是名人也仅有肖像雕塑或代表作的雕刻来展示出他们最后的面孔。

没有墓志铭可读，我就当来逛了个公园吧。

除了名人之外，还有许多的普通人也葬在这里。我在一个墓碑的缝隙里看到了一张被水沁湿的纸，上面写着："我十分想念你。"

虽然这些名人是拉雪兹神父公墓出名的原因，不过除了一座光秃秃的墓碑，其实看不到太多的东西。

然而当我晃到了墓园的一个角落里之后，却发现了些有趣的东西。

那是一片纪念性雕塑，有的是为了纪念在巴黎公社运动中被集体枪杀的人们。

有的是为了纪念被德国迫害的犹太儿童，他们的石碑上刻着："你的记忆是他们唯一的葬礼。"

还有为在"二战"中战斗的法国或是在法国战斗过的别国士兵所建的雕塑群，我印象深刻的一句话是："他们承受痛苦也承载了希望，请你也为你的自由战斗。"

不过让我产生好奇的，是关于"二战"对犹太人迫害的纪念碑透出了一丝微妙的、复杂的情绪。

首先让我困惑的是一个反复出现的词——déporté。意思是驱逐。

那些石碑上反复提到，有很多犹太人被驱逐出境。这让我挺好奇的，为什么不是"被抓走"或者"逃离"，而是驱逐呢？

有一个石碑上刻了歪歪扭扭的一行字，写着"我们是 900 个法国人"，下面写着 1944 年 900 个法国人从法国被送往立陶宛和爱沙尼亚，一年后只有 22 个人回来。

后来我才发现，其实"驱逐"说得还是委婉了。

法国北部曾被德国人大规模地占领过，即使是在没有完全被占领的南部，法国政府都曾大规模将犹太人遭送至德国纳粹集中营。

这样的痕迹很深刻。在我住的附近有一条废弃的铁轨叫作 Train de Loos，原来就是在这条法国国营铁路上，源源不断的法国犹太人被送进了德国纳粹集中营。

1995 年，当时的法国总统首次公开承认，法国曾协助纳粹德国将犹太人运往纳粹集中营，"犯下了不可弥补的错误"。

2009 年法国最高行政法院在裁决中表示，法国维希政府在没有受到德国占领军胁迫的情况下，驱逐犹太人，应该对这种"允许并协助把反犹迫害活动的受害者驱逐出法国"的行为造成的伤害负责。

这并不是被人逼迫的"平庸之恶"，而是有主观意识的行为。

一个石碑上写着一句话，"Tous avons sonde des abimes en nous-mêmes et chez les autres"。意思是"所有人都探索了自己和他人的深渊"。

这对我来说确实是一个全新的历史。在欧洲我所看到的大部分纪念馆，都是以受害者的面目出现，很少有人站出来说，我们承受了痛苦，我们战斗过，但同时我们也是帮凶。

这样的承认本身已经意味着共同的记忆，就如石碑上所写的那样，"记忆是他们唯一的葬礼"。

我看过一位教授讲述主权与人权的关系。

他说："对内争人权，对外争主权才是有意义的，主权是为了维护国民的人权。因为争主权是为了防止其他国家侵害本国人民，但如果国民受到来自国内的伤害比国外更甚，那就失去了争主权的立足点。"

有了主权，才不会出现德国人在欧洲各地建集中营这样的事。

但是光有主权并不足够，因为法国政府可以主动发起反犹运动，自己在境内建集中营，他们甚至不需要德国人的指导，他们可以自主自觉，充分发挥主观能动性地建起集中营。

不过无论如何，承认这段历史已经意味了很多。

共同的记忆是责任，也是权利，如果连记忆都不被允许，那么不单放弃了这个权利，而且放弃了正义本身。

和法国街头的流浪汉聊聊天（一）

半年前从我住到 Roubaix 开始，就总是能看到街边上有一个流浪汉，他常年坐在马路中间的红绿灯柱边。不管刮风下雨，也不管天气有多么寒冷，他一早就搬着个小板凳往那里一坐，直到天黑才离开。

他和那些到处找人要钱的流浪汉不一样，就算从他身边走过他也不抬头看你一眼，他就像尊雕塑一样在马路中间坐着。

我一直对他很好奇，很想知道他到底在这里干什么。

Antoine 说："你猜他为什么永远坐在马路中间呢？因为他没有家啊。他没有别的地方可以去。"这么一想，他说的也很有道理，于是我也就不再在意这个每天坐在

大马路上的流浪汉了。

后来阴错阳差的，我们和里尔当地的一个非政府组织本想一起办的活动因为疫情黄了，于是他们提出让我们参与另外一个活动，叫 maraude。

简单来说就是每周一次，在夜里去到城市的各个角落寻找流浪汉，给他们一些帮助。

不同的组织有不同的援助倾向，有的侧重于给流浪汉提供食物，有的在冬日提供衣物，或是在夏天提供水。

而我们合作的那个组织，他们提供的是陪伴。

我们所要做的，就是找到流浪者，坐下来和他们聊聊天，听他们说话。不追问他们的身世，不刻意鼓励他们，不尝试救赎他们，不以同情的目光看待他们。

甚至如果他们开口朝我们要钱或者物资，我们也无力提供。我们所要做的全部，就是像在街边遇到了一个普通人一样，正常地和他们聊聊天，看看他们今天过得怎么样。

一般我们会带上一些自己做的小蛋糕或者用热水壶装上一壶热汤，但也仅此而已了。

在 Lille Flandre 车站边上，我们遇到了一个多少有点神智不清的人，他要我们帮他打政府求助电话，让人来接他。在等待的时间里，他问我们可不可以留下来陪他，直到车来接走他我们再离开。

他的眼睛周围通红，吃东西的时候手一直在发抖，显然被冻得有些麻木。

在陪着他等待的二十几分钟里，他反复给我们炫耀他脚上的新鞋，并且主动告诉我们："这真是别人给我的，不是我偷的。"

他还时不时很大声地朝路人大叫，说他们的鞋子也很好看。

不知道他们听没听清楚，因为他们都绕着他走。

他又给我们讲，他在见到我们之前刚被别人抢劫了两百多欧。不过我们怀疑他在吹牛，因为他要是有两百多欧的话，也不至于到了夜晚还要忍受着寒冷，流落街头了。

在法国，流浪者们一天的日常是，用白天的时间讨些钱和吃的，晚上就到庇护所里睡觉，这些庇护所一般也是要花钱的。

之前听说里尔的庇护所一个晚上收一欧，但要自己带被子，而且优先收家庭，所以即使有钱，去晚了也在那里找不到容身之所。

而别的庇护所价格更贵，所以他们在白天要很努力地讨钱，在晚上才能避免露宿街头。

法国北部的冬天，夜里最低不过零度，那阴冷冷的潮气才是最恼人的，雾气之下的月亮都是蓝阴阴的，像是湖水里的蟹壳。

时间对他们而言，只是一座太阳和月亮共乘的跷跷

207

板，每天按照这样的轮回周而复始。

救助手册上说，他们可以拨 15，给政府的救助机构打电话，我们在夜里游走的时候也有看到救助机构的车在路上巡游着。可是真正的流浪者哪里有手机呢？他们去哪儿充电呢？他们怎么讨到话费呢？

在我们陪着车站边的流浪者等救助车的时候，他说他很冷，问我们能不能给他一件外套。Antoine 脱下自己的外套借给他穿。

可过了没多久，他却决定不再等待救助车了，他说他太冷了，要进车站避寒。走进车站前，他对 Antoine 说："你有家可以回，要不你的外套送给我吧。"

Antoine 犹豫了一下，领着我们的 kealig 立刻出来说，不行，把衣服要回来，我们也不能跟着他进车站，如果他不愿等待救助车的话，我们只能离开了。

我们不能跟着他们走，因为那样太不安全，我们的帮助也只能停留在街头，因为室内会影响到别人。

他说，流浪者是帮助不完的，如果想要长期帮助他们，就只能克制地，尽自己所能地去救助。也不需要觉得自己在他们面前是无力的，因为既然我们已经站到了他们的面前，给了他们哪怕一点关注和鼓励，对他们就是帮助。

如果看到一个人，就要流下眼泪，倾尽一切去帮助他，只会让自己非常疲惫。

就像在飞机起飞前总会播的那句话，在帮别人戴上氧气面罩之前，先把自己的带好。善意应当是有限度的，有棱角的，建立在维护自己的基础上的。

我想，这些组织在法国经营了几十年了，他们如此坚持克制的救助，那一定是有原因的，一定是吃过亏的。

也许你会想问，政府在哪里？政府虽然有很多补助或是救助，但是它们要不不够及时，要不杯水车薪。

而且相对于民间组织的主动救助，政府的救助是被动的，需要他们自己具有一定的行动能力找上门去，还要忍受漫长的等待。

一方面不管是哪个国家的人，只要是学生，不管家庭情况如何，每个月都能拿到房租三分之一左右的补助，但是另一方面法国却有三十多万的流浪者，他们在法国平均寿命 82 岁的当下，平均寿命只有 49 岁。

我有一次在申领补助金的机构门口排队，看我的住房补助到底还缺什么材料。我看到门口有一个女人在朝里面大叫，说她的救济金拖了五个月也没有发下来，每次来了工作人员都要她回去等着，回去等着，她说要是再领不到钱，下个月就要被房东扫地出门了。

拦着她的门卫来来回回也只有一句话，先预约再来，名字不在预约单上，喊来警察也进不来。

她也不管，来来回回就是那几句话，说自己不知道该怎么办了，都怪他们动作太慢，哄得人毫无希望地等待着。

当时我觉得那个女人的失态有些吓人，我不明白为什么简单的一个预约能让她如此崩溃。

　　后来长期暴露在法国的行政体制下而产生了难以消除的眩晕恶心之后，我能理解她了。

　　补助网站一会儿要改革，几周不能登录，能登陆了之后时不时又卡死不动，交的资料不知道转来转去到了哪里，给热线打电话，不是十几分钟无人接听，就是有人接听之后，态度良好地一通胡说八道，让你回去耐心等待，结果几周过去，上网一看，他们把你的申请已经无声无息地关闭了。

　　想要重开，请预约，预约完请发信件，注意，不是邮件，是信件。这个老牌发达国家，居然许多重要的事情都需要通过信件完成。

　　发完再等吧，等吧。

　　之前我想到半年也没拿到的住房补助还会血压飙升，现在我就像春节送人的果篮里即将腐烂的苹果一样，听之任之，命运将我置于哪里，我就安于何处。

　　放弃了，无所谓了，心情愉悦起来了。

　　有的人就这样被命运安置到了街头。

　　我们在一条偏僻的街上遇到了一位个子小小的女人，她的声音也细细的，她身边放着一个很大的包，那是她的移动城堡。她还养了一条小小的黄狗。

　　而且她居然还有一个男朋友，她男朋友离她不远不近，蹲在一个面包店的阴影里。

　　她说，她之前在火车站有一个绝佳的位置，但是后来有人抢走了它，还拿着刀威胁不许她再靠近火车站。

因为那里人流量大，讨到的钱自然多些。

她说，在街头，没有人因为她是女性而多给她一些怜悯，只有更多的恶意。自此之后，她决定要给自己找一个男朋友，还要有一条狗。

Kealig 说起不久之前，一个长期在教堂边讨钱的人，在一个晚上被杀死了，但是具体发生了什么，谁也不知道，也没有人费心去知道。

她说，即使找到了男朋友也没有多少帮助，只有带着孩子的家庭才能从政府那里获得优先救助，然而就算是这样，在法国街头也还是有三万多个无家可归的未成年人。

街上横行无阻的，还是结伴而行的男人。她的男朋友看起来年纪也不小了，胡子拉碴的，身边放着几截吃剩的法棍。

我对 Antoine 说："这个女人看起来还挺年轻的，比她男朋友小不少。"他却不这么觉得，他说："她看起来至少三十多岁了。"

我说："可是她的声音听起来很年轻，细细小小的。"

Antoine 说："你的意思是她很疲惫，很冷吗？"

她随身带着的那条小狗，虽然给了她许多的陪伴，但也给不了她多少保护，而且带着宠物的人，不能进入政府开设的庇护所。

不过法国街头有很多流浪者都带着宠物，火车站边上还有一个人总是带着一只兔子。

他们在自己吃不饱饭的情况下还愿意喂饱这些动物，除了陪伴的需要之外，这些动物也在保护着他们。

在法国，如果警察或者是各种机构要把流浪者们清理出街道，强行收容他们，那就一定要安置他们的动物，而这又麻烦，又花钱，所以一般警察都不找那些带了动物的人的麻烦。

在告别这个声音细小的女人之前，Kealig 掏出来一张贺卡，那是他们和一些小学合作给流浪者做的圣诞和新年贺卡。

那是一个五年级的小孩写的信，她说："我希望你不要太孤单，希望我能给你带来一些陪伴。我喜欢跳舞，我不喜欢被人欺负，你呢？我以最真挚的一整颗心祝福你。祝你好运。"

可是他们都很孤独，我们也一样孤独。

不过我想，这大概就是这个多少有些鸡肋的，只能提供陪伴的 maraude 的存在意义了。

陪伴对于他们来说，像是隔着油纸下了一场大雨，雨点即使打不到他们身上，他们也能感受到雨点打在油纸伞上的震颤。

不知道这个叫 Lily 的五年级小女孩以后会不会想问她的班主任，她曾描绘的美丽世界，到底在哪里寻找。

和法国街头的流浪汉聊聊天（二）

　　这几天法国北部和英国这一片都狂风大作，两天之内有两个风暴登陆。

　　树吹倒了，地铁停了，走在街上看到地上都是从房顶上被刮下来的瓦片，有的烟囱也栽了下来，摔得粉碎，月亮像一团蓝阴阴的火。

　　这种天气里出门很考验人的意志，学校里的树掉光了叶子，树枝被风吹动，传来锋利的抡来抡去的沉闷响声。

　　我本来很犹豫要不要去参加这次的 maraude，我的腿脚被温暖的被子绊住，不愿动弹。

　　但是前几天在地铁上遇到的一个流浪男人的身影一直在我脑海中消散不去。

一般而言，大部分流浪汉即使有各种社会组织的帮助，他们依然会从衣服上的小磨损，或者是凌乱的头发而露出窘态。

而那天因为躲避风雨而在地铁车厢里卖唱的男人却不同，他戴了一副中规中矩的眼镜，剃了一个干净利落的发型，脚下是皮鞋，上身穿着格子衬衫，加上一件平平无奇的黑色外套。

他拿了一个很旧的手风琴，这琴不仅模样款式看起来就有些年头了，而且上面的磕碰让我怀疑他是从垃圾堆里把这琴抢救出来的。

他表演的曲子都很欢快，但也很老旧，我记得很清楚的有一曲《玫瑰色的人生》，这可以说是最符合法国刻板印象的歌曲了，年轻人谈起她，就像谈起巴黎时一样深恶痛绝。

我偷偷躲在人群后看他，他脸上没什么表情，歌曲里玫瑰色的人生也和他没有关系。

一曲弹完，他从每个人面前走过，嘴里用抑扬顿挫的舞台腔说着这些钱是他用来吃饭和生活的，感谢每一个人刚刚给他的关照。

他说话的腔调也和别人不同，大多数流浪汉即使身上穿着崭新的衣服，他们张口说话的时候总是透露出很浓的疲态，有的人甚至因为对于讨到一顿饭的绝望而边说边哭。

我身上一分钱也没有，周围的人也没有掏钱的意思，他也没有再多坚持，下了车，去到另一个车厢，《玫瑰色的人生》又响起来。

他身上保持的体面让我觉得有些难过，他的打扮就像是个再普通不过的下了班的中年人，坐着地铁回家和家人一起吃晚餐。

于是我决定，正是在这种狂风大作的晚上，才更应该出门，去给流浪者带去些风雨中的希望。

这次去的 maraude 是我们因学校要求而合作的非政府组织举办的。

他们办事充满了法国人的自由主义精神，整整前三个月的 maraude 全因或大或小的原因取消了。

我本以为这一番折腾下来，没有多少人会大晚上花三个小时来参加活动，没想到，居然有将近三十个人来了。

而且其中一个志愿者自己经营着一个共享工作的第三空间，那天晚上直接关门，专让来做 maraude 的人用他的办公室集合和休息。

与上次参加的社会性 maraude 不同，这次的 maraude 是实打实为流浪者提供必需品的。

我们合作的组织就和迪卡侬达成了协议，迪卡侬的残次品捐助给他们，他们召集志愿者缝补那些鞋子、帽子、袜子、衣服，等等。

然后通过他们自己组织的活动，或者是别的更小的组织的活动，将这些本来会被焚烧掉的垃圾，变成帮流浪者过冬的衣物。

圣诞节的时候，除了贺卡，还有很多小孩子准备了

潜水

圣诞节礼物，里面装了各种小零食和他们认为流浪者会需要的东西。

每个箱子都用礼物纸包得漂漂亮亮的，有的还沉甸甸的，不知道里面到底装了些什么。

我们每个人都大包小包地往城市中走去。

说实话，我以为这样风雨大作的夜晚，即使是他们也应该早早躲进了庇护所，我们很有可能会度过一个毫无收获的夜晚。

不过，人们的反应是很真实的。

上一次的 maraude，我们只能找在街边坐着等人给钱的流浪者，两个小时下来也只和四五个人说上了话，虽然有的人愿意交谈，还有人主动挨个问我们圣诞节收到了什么礼物，然而大部分人对于交谈的欲望是很弱的。

而这一次，我们遇到了第一个流浪者，在马路中间站定，大家打开手里的包裹帮他翻找他需要的东西之后不久，有很多人主动上前怯怯地问我们，是不是在做 maraude，他们或多或少，总有些缺乏的东西。

冬天嘛，围巾、帽子、袜子，或者一双暖暖的鞋子总是没有人会拒绝的。

我们在一个多小时的时间里遇到了将近二十个人。

主动走向前来询问我们的人大多怯怯的，其中有许多人如果不是牵着大狗的话，只根据穿着恐怕很难让我们主动判定他们是流浪者。

不过只要是上前来要东西的人，不需要说一句解释或是客套的话，我们一律欢迎。

法国北部的冬天，很难猜测即使是衣着体面的人会不会有难言之隐。

有一个流浪者很高兴，因为他的礼物里有一副扑克牌，他说想要一副牌很久了，扑克牌让每天过度充足的时间变得很好打发，而且他还能靠打牌交到朋友。

我发现了城市里一个流浪者们的必争之地，那是老城和新城交汇点上的一个小家乐福，那里人流量大，年轻人多。

法国的超市有个特点，越小的超市越贵，愿意来小家乐福买菜的人，都不怎么在乎小钱。与其买完菜揣一兜儿硬币走，不如随手就递给他们了。

每次守卫在那里的都是相同的几个人，他们很少要些什么，因为路人随手给他们的钱足够他们吃饭和买烟抽。

我们上前自我介绍，其中一个男人丝毫不为所动地说，我们什么都不缺，谢谢你们，但是你们想的话，可以和他聊聊，说着他指向边上一个人。

为首的那个男人特别爱聊天。

他甚至能记住我们的名字，知道谁之前来过，还打开手机给我们展示了一个通过步数换钱的软件，他说自己一天走十五公里，照这个趋势，几年之后他就能买一台苹果手机了。

我们问他需要什么，他说，想要一个围脖，Nicolas 先掏出了个绿色的，他沉吟片刻说："颜色不

潜

水

好看，有点娘里娘气的。"

我们一阵手忙脚乱地翻找之后，掏出了一个蓝色的，他说不错，于是欣然接受。

我们又翻出了一个一半绿色，一半蓝色的，他笑了起来说，这个好，他要换成这个，这样见不同的人的时候，他可以戴不同的颜色。

也不是每一个人都期待着 maraude 的帮助，我们在市中心遇到了一个坐在地上的老人，他的身前放了一个纸板。

我们问他，需要些什么，他说，需要钱看病。我们说，没有钱，但是有一些御寒的衣物和零食。

他摇了摇头说，他并不需要这些，寒冷和正在侵蚀着他的疼痛相比起来不算什么。

还有人并不想要什么，只想借手机给他朋友打个电话，他把那个号码记得牢牢的，叫他朋友停在原地不动，他去找他。

这样，风雨夜里的两个流浪者，就可以抱团取暖了。

不过也有人截然相反。

有一个大腹便便的流浪者说，今天正是他的生日，还主动拉起我们所有人一起和他唱生日歌。

他对我们很热情，不过临走之前他用自己今天生日的理由要走了三份礼物，还不加上我们给跟在他身后那个沉默女人的礼物。

有的礼物上面注明了是给女性的，里面可能放了一些女性用品。

他也不在乎，说反正他还有另外一个女朋友，可以给她也送一份。

结束之后我觉得有点不划算，本来这些礼物可以多给几个人带去一点惊喜的。

在街上我们几乎没有遇到过独身的女性，无论质量如何，她们总是需要寻找到一个或者几个男人，只有这样她们才有机会在街头上生存下来。

她们中的大部分都很沉默。通常和我们开着玩笑，畅所欲言的都是男人，他们和我们谈笑风生，在间隙里会为身后那个小小的身影要上些必需品。

我们在城市里遇到了一个外国女人，她没有毛衣，只有贴身的内衣和一件大衣，她的脖子和上半截胸口就这样在冷风中露着。

她的男朋友和他弟弟倒是穿得挺严实，他弟弟甚至还戴着耳机在打游戏，哪怕是我们把孩子准备的礼物放在他身边，也只是低着头说了声谢谢，眼睛没有离开屏幕。

她哆哆嗦嗦蹲在地上，向他讲今天她是怎样一路周折到比利时去讨钱的。

那个哥哥倒是很健谈，他的法语讲得不错，比我水平高，不过里面总是参杂着些英语，有的时候说着说着就变成英语了。

那两个男人是从立陶宛来的，那个女人是别的国家的。

他们因为毒品才流落街头，等他们醒悟过来，已经

219

没有离开街头的能力了，这一流浪就是五年，随着他们在街上时间的延长，重新回归社会变得越来越困难，他们索性也就放弃了。

他说对于他们来说，在街头最大的问题是这里的生活是没有变化的，没有希望的，一年两年过去，除了四季，什么都不变。

我在渡边纯一的《情人》里读到这样一句话，用断绳的吊桶比喻秋天的落日。

当吊桶一下子飞速落到黑咕隆咚的井底时，就像秋阳下山，整个世界一下陷入了黑暗一样。除了速度上的相似，大概还有两者都给人恐惧、寂寥的共同点吧。

他所描绘的生活就给我这样的感受。

我们和他聊了好一阵子，告别之后没走多远他又从后面追了上来，他打开了小孩子准备的礼物，里面有一本书，他很高兴地告诉我们，这是他最想要的东西，因为他在日落之前需要一些打发时间的东西。而且他想练习法语。

我们还有几本书，问他想不想多拿几本，他说："不用，一本就够我读的了。"

在法国看牙这件不大不小的事

早就听说了欧洲看牙的昂贵，于是，当我在去科西嘉的船上，突然感受到之前补过的一颗牙的松动时，我的心沉了下来。

那块白白的，在我手里扭曲着的小东西，从国内的小几百块钱，不知道要摇身一变成为多少钱。

事情都逼到眼前了，我才想起社保卡一直拖着没有办，保险也还没有买。

不过法国的医疗体系是很善解人意的，我打电话去预约医生，最快只能约到一个月之后，这不巧了吗，刚好给我时间把该办的手续办了。

法国看病和国内不一样，除了手术和急病一般不去

医院，就算想去，别人也不接。有些小问题，一般去找家庭医生，要做检查，那也有专门的实验室，不用往医院跑。

家庭医生听起来是不是格外高级？其实不然，拿上社保卡随便找一个离你家近的医生，登记一下，从此之后除了特殊疾病都上他那儿，他就成了你的家庭医生。

当然了，他同时也是几十个，甚至几百个人的家庭医生。

要说在法国看病，最管用的东西就是社保卡了。

有了社保卡，每次看普通病，五天之内，消费的百分之七十就会被返还。

我早就有了社保号，只是一直没想过自己真的会生病，所以没去申请社保卡。

结果我的网上账户没有开通，线下的网点又要在网上预约才能进去，唯一的选择是打一个永远也打不通的电话。

终于在反复听了半个小时的舒缓音乐之后，一个女声接起了电话，我对突如其来的幸运措手不及，说了你好之后，一时头脑空白，不知道该说什么，心理建设全线崩塌。

她等了五秒，啪一声挂了电话。

没关系，接着听音乐吧。

好在终于打开我的账户之后，不到半个月我就收到了社保卡。

后来我又去做了几次血检，在实验室一刷卡，嘿，一分钱不收。这地方好，以后我每个月都来。

下一步，办一个最全面的保险。

法国的保险公司分了很多种，各种保险也各有不同，我求助于 Antoine 的妈妈，她大手一挥，说："买最好的，我来买。"

保险一个月 44 欧，基本上各种大小病都包括在内，唯一不全包的就是对牙齿的修补或是种植，因为在法国和牙齿相关的手术都太贵了。

不过这也是我后来才发现的了。

我有点犹豫，因为法国政府也有给学生的免费保险，还有很多几欧一个月的商业保险，一般只要不出什么大事，也是完全足够的了。

可她说什么也不愿意，她说："你要是觉得太贵，那我为你出钱到你找到工作为止。"

Antoine 的爸爸十多年前离世，他们对于保险的重要性特别有体会，甚至到了有点执着的地步。

不过买了最高保险的好处是，不管是看病、配眼镜、体检，还是拔智齿之类，从此之后全部免费。

还有一点好处，就是即使我明知道下个月就要用保险，这个月才开始付钱，他们也照赔不误，只要中间隔了一个月末与月初的距离，哪怕是一天都可以。

不过交材料，办手续，各种程序的烦琐和法国的行政机构不相上下。

　　我交了材料之后迟迟开不了账户，因为开不了账户，也没有办法线上咨询，只能一次次地跑线下的网点。

　　每次去了之后，里面的工作人员都笑脸相迎，一会儿叫我坐下，一会儿叫我喝杯水，可是一问到资料去哪儿了，他们就笑容满面地告诉我："不知道，等着吧。"

　　我说："我再过一周就要去看医生了，一周时间能处理好资料吗？"

　　他们面色沉重，说："我为你祈祷。"

　　当我第三次去的时候，第二天就要去看牙医了。

　　终于有人把我从前台请进办公室，他看着电脑屏幕，眉毛拧成一团，对我说："你的资料我们一个月前就收到了，缺了你的居留卡，你没有收到信息吗？"

　　我想问，那为什么我来了一次又一次，没有一个人告诉我呢？而且没有续过签证的人没有居留卡，只有一份居留证明，我也早就一起寄去了。

　　在法国长居的人，护照和签证并不能完全证明居留的合法性，居留证明一般才是去办各种手续最重要的文件，因为有签证不代表有居留，而有居留一定有签证。

　　他看出了我大大的无奈和疲惫，两手往空中一举，说："居留证明和居留卡是不一样的。"

　　我说："那我没有居留卡，签证可以吗？"

　　他高兴了起来，像是我把他从一个巨大的难题里解救了出来，两手一拍说："好！这个可以！"

　　随便吧，能办成就行。不需要搞得太明白，就像每天过的日子。

临走前，我明知是徒劳的，还是多嘴问了一句："能知道多久能开好户吗？"

他把手上的笔玩得很响："嗯，不知道。"

随便吧。

好在，法国的牙医也是很善解人意的。

在预约了一个月之后，我终于走进了牙医的办公室，她给我拍了 X 光，花了不到十分钟把我的牙龈洗到出血之后，示意我可以走了，等一个月之后再来，还顺便给我开了一张 900 欧的预账单，还收了洗牙的 60 欧。

她一定是知道我的保险还没有办好，所以给我宽限了一个月。

下个月再来，终于在只能用半边嘴吃饭两个月之后，迎来了神圣的，像是稀缺的春天一样被期待的补牙日。

这边补牙和我之前接触的方式完全不同，不用传统往里面塞白色膏体的方式，改用 3D 打印，把缺了的那块直接打出来，沾上胶水往我家徒四壁的牙里一放，立刻蓬荜生辉。

感觉挺高级，技术还是很先进的，过程也挺舒适。

一根小小的棍子往嘴里一塞，电脑上立刻给我的牙做了 3D 建模，稍微调整一下之后，房间另一边的打印机就开始切割一块圆柱体的烤瓷牙材料。

别说，补完之后，我那颗长久显得缺漏的牙居然丝毫看不出曾受过各种伤害，从功能和外观上，都变回了

一颗完整的牙。

她好像有魔法。

她信誓旦旦，说这块小小的牙，会比我遇到的任何一个男人都能长久地陪伴着我，能跟我一辈子。

最终补一颗牙的价格是 450 欧，社保补 70 欧，保险补 150 欧，个人出 260 欧，相当于小两千块钱。

小两千块钱，得到一个让你不再疼痛，陪伴你一辈子的，比男人更可靠的小陶瓷块儿，值了。

虽然等待的过程很痛苦，但是技术确实是先进的，这个钱花得很值，下次不要再花了。

补完牙之后，我去预约验光配眼镜。

保险都买了，反正免费，最近有病没病都多看看病。

我提前一个多月就预约好了，可到了那里之后，前台的护士正在组装宜家的椅子，她有点抱歉地说，今天没有医生，只有验光师。

我不想再耽误，忙说我不在乎，是验光师也无所谓，能测出度数就行了。她们要走我的眼镜，左左右右打量了一下说："不行，你眼睛太差了，要医生测。"

我无力辩驳，只能接受，说："行吧，给我约个最快的时间。"

她打量了一会儿电脑，说："下个月怎么样？"

我发现法国人有一种，让人敬佩的耐心和忍耐力。

有一次我从图卢兹坐火车去蒙彼利埃，结果提前一天火车全部取消，取消就取消吧，我临时改道回家，从图卢兹坐三个半小时火车去巴黎转车回里尔。

结果当天不知道出了什么乱子，卖了两列火车的票，只来了其中一辆。

所以一半的人花了钱，拿着票，却没有座位。法国高铁的价格不便宜，一般三四个小时的距离除非是捡漏，不然要将近 100 欧。

按照我的运气，不出意外是倒霉的那一类人。

我问乘务员这怎么办，他边给人检票，甚至没抬头看我一眼，说："你找没人的位置坐呗。"

票都卖出去了，哪有没人的地方啊，在被人赶来赶去两三次之后，我干脆和人群一起坐在了火车接驳处的地上，男女老少都这么坐着，来晚的人只能站着。

没人张罗着找位置，也不闹着要退票，也没人找车上来来往往的检票员，他们也没有要搭理我们的意思，我们就这样在沉默与屁股的疼痛中，花三个半小时窝到了巴黎。

好嘛，随便吧，不辛苦，命苦。

不过因为他们从来不指望各种部门或是机构做些什么，所以他们也不愿受任何限制，别人提出要求的时候，他们也肩膀一耸，两手一摊，唉，不行；唉，等吧，我们都是这么等过来的。

关于有人进了眼科急诊这件事

我一直认为我的眼睛不会再坏了，因为它们已经很坏了。

前段时间为了补牙我买了一个很贵的商业保险，每个月将近 50 欧，相当于 350 元人民币。相比于只要几欧的补充险来说，已经非常豪华了。

这个保险的好处是，处方药几乎免费，看病做检查也全部免费，甚至连生孩子都不要钱，不过这些和我无关，并不能打动我分毫。

直到 Antoine 告诉我，他去配了两副眼镜，共计花了 7 欧。

这下我动心了。

钱都花了，要花在刀刃上。

在法国配眼镜还挺讲究，先要去眼科中心预约，做检查。

不过这个等待的过程嘛，依旧是漫长的。

我先是预约了一个月，去了之后，前台看了看我的眼镜，摇了摇头说："您可能要下次再来，您眼睛太差了，今天没有医生，验光师不能给您做检查，下次再来吧。"

我小声说："可是我已经等了一个月了。"

不过我心里知道，等了一个月又算得上什么呢？配个眼镜又不像生病，等等没什么大不了的。

她说："您预约的时候应该有显示一行小字，上面说了今天的情况。您现在直接预约，能约到一个月之后。"

好吧，就一个月吧。

一个月之后，我终于如愿以偿，顺利测好了视力，等来了医生。

医生看了我的检测结果，对我说："您恐怕还是不能配眼镜。"

我深吸了一口气，心想，怎么又来了？好不容易占个便宜怎么这么困难？

她说我的度数太高，担心我的眼睛会有问题，所以需要做一个眼底检查，看看有没有诸如视网膜破裂之类的问题。

好嘛，反正不花钱嘛，咱们中国人，最在乎的就是

229

身体健康，预约吧。

这一预约，又是一个月后。

到了约定的时间之后，我提前滴上了在药店买的散瞳药。

这一管药也是我这次历时三个月测视力，做检查，外加去了两次急诊，配了一副眼镜的唯一开销，8 欧。

我终于拿到了检测结果。

本以为一切都万事大吉，只要去买眼镜就行了。结果没想到故事才刚刚开始。

我用的散瞳药叫 SKIACOL，按理说对于成年人来说，在滴完之后 4-6 个小时，视力就会恢复正常，瞳孔伸缩如常，儿童需要的时间长一点，大概 12 个小时。

总之正常情况下 24 小时之后，药效就该完全退去。

然而药效褪去的时间，对我来说是六天。

现在回头说出六天，我并不觉得它漫长。

然而当一天过去，两天过去，我的瞳孔依然完全不会伸缩，看上去是两块实心的黑暗，夜晚的灯光都显得太刺眼，三天四天过去，我依然无法在白天出门，只有在傍晚我才能勉强在重影里看见东西，五天六天过去，在白天眯起眼睛，也只能看到每个迎面走来的人，脸上是一片因为阳光过于充足形成的白板时，我觉得心脏在缓慢炸裂。

这个过程折磨着我，我忽然意识到眼睛的存在，因为它们出现问题了。

滴完眼药水 48 小时之后，我打电话给眼科中心，去了买药的药店，他们都告诉我，这种情况不是很正常，但是时有发生，不用担心，等一两天之后要是再有问题就去联系他们。

于是我又等了两天，那是一个周六，眼科中心没有开门，所以我只能去药店。

药剂师看了我的眼睛之后，给了我一个可以预约急诊医生的网站，叫 SOS Médecin，告诉我这上面的医生立刻就能约到，当天就去。

法国的看病程序一般是，正常的小病可以约家庭医生或者专科医生，他们一般自立门户，或者归属于小诊所，诊所里有好几个医生。

一般想约到这种医生，都需要比较有耐心，短则等两三天，长则要等一个月。

医院一般需要医生开介绍信才能去，不过急诊室是接收自行前往的病人的，但是只有简单处理的能力。

比如说牙痛欲裂，急诊室只能帮你止血或止痛，而不能帮你拔牙补牙。

有法国人听说我去了急诊室之后，打趣地告诉我，除非你身负重伤，不然他们就会在简单处理之后让你回家，回家等等，该好的就好了。

而药店给我推荐的 SOS Médecin，是由几个医生组成的小诊所，他们接收紧急的预约，只要提前半天就能约到。

潜水

　　属于介于普通医生预约和医院急诊之间的折中之策，主要是为了分流医院的病人。

　　那么他们是怎么避免普通病人动起小聪明，挤占这种半急诊的资源呢？

　　很简单，提价。

　　他们的预约费是普通医生的两倍，挂号就要 50 多欧。这样自然没人来了。

　　不过这个费用医保出 36 欧，个人出 15 欧，如果有商业保险，这个钱也会被返还。对我而言，还是免费。

　　那个医生对我上下左右观察了一番，在我面前打开了谷歌，找到了 SKIACOL 的说明书，反复浏览之后，对我说："这个上面说得也不清楚，我是全科医生，我知道你的眼睛是不正常的，但是需要仪器才能检查，你要去眼科急诊室。"

　　其实这也可以理解，毕竟是诊所的急诊，挂不到专科医生，术业有专攻，他不了解也正常。

　　于是他给我开了一封转诊信，信上说我在散瞳 4 天之后依旧瞳孔放大，而且不能对焦，需要做检查。

　　那天是周六，时间是下午四点多，我本以为按照法国人的习惯，就算要去急诊，那也要等到周一了。

　　结果还不错，医院照开不误。

　　唯一的小问题是，他让我去的那家医院并不收急诊。

　　我到了门口按了半天门铃，才有人缓慢地出来告诉我，他们早就停止收急诊了，整个里尔只有一家郊区的医院还收急诊。

好吧，去吧，问题不大。我收拾起残破的身体再次出发。

其实当时我并不是很急于要看清楚。困扰着我的，并不是药效多久会散去，因为虽然缓慢，但是我能感觉到日复一日地，我的视线在逐渐恢复。

我想知道的是，为什么我用过这个药之后会是这种反应，是我对这个药的成分过于敏感吗？是我的眼睛有基础疾病吗？

好不容易到了开门的急诊，去之前我稍微有些担心，因为对于欧洲的急诊情况略有耳闻，生怕要排几个小时的队。

结果整个医院几乎都是空的，急诊里也空空如也，进门，按门铃，不到两分钟我就出来了。

为啥？

因为医生看了一眼我的转诊信，对我说："这很正常，你是深色的眼睛，这个药不适合深色眼睛的人，它褪不掉。我用了这个药之后也要过至少五天才能恢复正常。"

说完之后，她给半信半疑的我做了一个简单的检查，手一挥，说："回家吧。"

我怀疑是我的法语不够好，在中间漏了什么重要的信息，于是我磕磕巴巴地重复了一遍我的疑惑。

她说："这个药是给浅色眼睛的人设计的，就是这样，你没病，你什么也做不了，只能回家等。"

在我的强烈坚持下，她又检查了一遍我的眼睛，再次向我宣布："回家吧。"

我扬起手，说："我有最后一个问题。"

她停下推椅子的手，转头看向我，我说："如果这个药不适合我，下次能用别的药吗？"

她抿了抿嘴，说："没有，这是副作用最小的药，别的影响更大，这些药不是为我们设计的。"

我忽然意识到，她是我这一次在多个药店、诊所、检查中心里遇到的唯一一个有色人种，只有她和我一样有着深色的眼睛。

我没有责怪别人的意思，但是如果在就医的过程中，早些出现一个像她一样的少数族裔，有更多的声音出来说，这个药会根据瞳孔的颜色而导致药效的不同，哪怕这句话出现在说明书的一个角落上。

像我这样一头雾水的人就会少很多。

那天我一身轻松地回家了，虽然心里还是有点不舒服，因为跑了一整天，肯定多少希望看出点病来，看不出病，就觉得精力和时间白费了，想骂人是庸医。

这个故事的结尾是，我心情舒畅了没多久之后，想起来很多的中国人也做过同样的检测，用过同样的药，然而他们也没有我这么强烈的反应。

于是虽然满足于急诊医生给我的解释，但我还是再次联系了当初做检查的眼科中心。

他们很谨慎，给急诊去了一封急信，要求再次给我做检查，又联系了在休假的医生。

他坚持认为这种情况即使是对于深色虹膜的人来说也是很罕见的，他说要不然就是我在吸 LSD，或者用药，要不然就建议我还是插队约一个他的号，让他认真检查一遍。

他特别小心，在和我讲电话时没有提起一句关于吸毒的话，在我的法国朋友帮我翻译的时候，他迅速地提了一嘴。

说实话，我那极度放大的瞳孔，要是上街估计真的会被警察拦下来。

反正不要钱，我再次欣然接受这个插队的预约。不过就算享受了一次"特权"，这个预约也在两周之后。

最终的结果就是，我的眼睛没什么问题，也许虹膜深色对于药效难褪去有影响，也许我对这种药里某个物质比较敏感，各种原因加在一起，导致了这个六天的闹剧。

我一直觉得法国是一个非常多元化的国家，即使是在北部的这个半大不大的城市里，街头也能看到各种肤色的人，各种各样的选择在这里得到尊重，各种形状的身体都被称为美，任何人都可以思考、表达。

很长时间以来，这里的文化对我来说是柔软的，像是一片云，不管什么都可以一头撞进去，和它融为一体，成为其中的一部分，也让你的一部分成为它。

潜
水

然而现在我才发现，其实有一些欧洲本位的思想，还是很坚硬地存在的。

它不是铁板一块的拒绝，不是明目张胆的歧视，而是一瓶广泛用于整个法国的为浅色虹膜的人设计的药，是医疗体系里少而又少的有色人种，是一些医生了解到的少数情况并不被正式地提及。

人们的表达很自由，他们也很自由地选择不听。

当我看东亚文化圈的时候，会觉得因为没有多元化，所以大家审美相对单一，大部分人的生命阶段也相对一致，考一个好大学，找一份好工作，买一个房子，还房贷，努力工作，结婚生子。

每个人都没有多少差异，因此总会比较，因此焦虑，因此大家一起卷生卷死。

我曾经以为多元化意味着各种有差异的人聚在一起，像是一盘彩色的沙子，大家滚在一起，你我不分。

然而现在我才发现这不是多元化的全部，只有当他们都有机会，有被听见，被看见的权利时，这才是多元。

我想这个权利本是不需要争取的，它该是与生俱来的，就像余华的"我只知道人是什么"，然而沉默的只会更加沉默，让渡的总会一直退让。

总而言之，除了我恰好比较倒霉之外，这次小事故还是让我感觉到法国的医疗体系虽说不全尽如人意，但并不那么令人恐惧。

急诊随时有空余，就算没有商业保险，社保也能够覆盖大部分费用，药店会协助指导约急诊医生，全科医生也及时开出介绍信，最初检查眼睛的眼科中心给我又是写信又是打电话，为了保险起见还让我在做了两次检查、视力已经恢复正常之后再重新让他们检查一遍。

　　虽说一开始的等待漫长，但真有特殊情况的时候，一天之内就能得到充足的医疗资源。

　　我更感受到，一个合理的医疗体系，不是低门槛地让所有人涌入，而是通过多层级的分流，让不同的人获得匹配的资源，让真正需要的人不停留在无限等待的漠视里。

　　这些小小的被人施以援手的时刻，让我觉得即使在这里有像石头一样冰冷坚硬的一面，但是那些脆弱的鸡蛋也存在着，虽然微小，但那是生命。

潜
水

关于我在雪山上丢人现眼这件小事

　　当我误入了红线的半山腰时，Antoine 面露无奈，他知道，我闯多大的祸，他就要收拾多大的摊子，我望着他的背影，就像高中听数学老师教解析几何时一样，迷茫但乐观，不知道迎接自己的是什么。

　　首先，在开始这个倒霉的故事之前，我简单介绍一下阿尔卑斯山的雪场。

　　今年我们去了 Chtel，这是一个法国和瑞士交接处的小村子，周围有四五座山峰可以滑雪，登上山顶就能望到勃朗峰。

　　和一般的雪场一样，雪道分为四种，绿、蓝、红、黑，复杂程度从易到难。用我的标准来衡量的话，绿色

可问题总是出现在最简单，
让人掉以轻心的情况下。

能够轻松掌握，蓝色勉强能接受，偶尔能享受，红色和黑色我从不敢涉足。

可是这不是巧了，我从拉着滑雪者上山的杆子上掉了下来。

法语里这根杆子叫 Téléski，和缆车不同，滑雪者穿着雪板，拉住这根杆子，把杆子底端的一个圆形底座夹在腿之间，让杆子把人拉上去。

有的时候山形陡峭，我总觉得自己马上就要倒下去了，死死抓住杆子，夹紧那个圆形底座才能勉强跟上，坐了那么多次，倒也一直没出什么大问题。

有一次我没来得及把底座拉到屁股下，杆子就把我拽了出去，我只能用手抓住它，让它拽着我往山上爬，还没走十米我就掉下来了。

好在没走远，问题不大，爬起来回到原点就行了。

可问题总是出现在最简单，让人掉以轻心的情况下。

上山的过程嘛，时短时长，有时要足足翻过三四个小山包才能到达，每次翻过一段陡峭的山坡之后，都有一段平坦或者下坡的路。于是，在一段特别陡的山坡之后，我终于盼到了一个平缓的小坡。

我松开被冻僵又因用力过度而酸痛的双手，双腿也放松了些，不再紧盯着脚下，而是让雪板顺着前人留下的痕迹前行，安逸地欣赏起周围的雪景。

忽然之间，还没反应过来发生了什么，我一屁股坐在了地上。

好在我在四个人的最前面，于是 Antoine、Micheal、Flora 追随着我的脚步，纷纷倒下。

　　后来，只要我们去坐 Téléski，他们坚持让我走在最前面，因为不知道什么时候，我就可能突然消失在大家的视线里。

　　就这样，没有选择，我们只能慢慢滑到边上的雪道里。

　　好嘛，是一条红线。

　　一开始，它还算温柔，虽然弯弯绕绕不少，但大多不陡，我心里还暗自嘲笑，原来红线也就是这个样子，没什么好怕的。

　　结果没多久之后，红线露出了它狰狞的面目。我的眼前是一条非常宽阔的雪坡，这没什么问题，问题出在，它实在是太陡了，陡到我怀疑一旦踏上坡道，就没有刹车的机会，会一路横冲直撞下去。

　　我记得 Antoine 对我说过，他有一次从黑线的顶端摔了下去，从坡顶一直滚到了坡底，恐怕足足有一两百米，他的两个雪板全被撞掉了，因此没有任何增加摩擦力的办法，衣服头盔里灌满了雪，在坡底快滚到崖边才勉强停下。

　　他年轻力壮，不怕摔，我可不行，我很脆弱。

　　我认清形势，开始放弃抵抗。

　　我对 Micheal 说："不行，这超出我的能力范围了，我不敢下去。"

　　他边往下走，边对我说，别怕，很简单的，你像我

潜
水

241

一样做就好了。

说着，他流畅又优美地离开了我，停在半山腰，对我大喊："别害怕，没人不许你摔跤，摔跤了也没关系。"

我心想，不愿意摔跤的是我，而且我怕的不是摔跤，而是即使摔跤也停不下来。

Flora 也走到我身边，叫我跟着她，她做什么我做什么，说着，她就斜斜地向下滑行了一段。

我想跟随着她的脚步向下，可是当我低头看到漫长雪坡的陡峭程度时，吓得直想连连后退。

她对我大喊："不要骄傲，不骄傲就不会害怕，只要能做到你想做的，滑得难看，被别人当成傻瓜也没有关系。"

我不知道他们想要做什么，我在想为什么我要花钱出来挨饿受冻，还要站在半山腰瑟瑟发抖，我只想回家吃火锅。

她看我半天也一动不动，只好悻悻地滑下去了。

我看了眼身边仅剩的 Antoine，有了些危机感，万一他也给我"做个示范"，弃我而去，那我可要在山上的寒风里孑然一人了。

Antoine 也发话了，我能看到他的嘴在动，却听不见他说了什么，我只能听到耳边的风声和别人"咻咻"地滑下去的雪声。

而他越是带着期待的表情望着我，我就越害怕，在第五次尝试往坡下滑，并且再次失败的时候，所有勇气突然都弃我而去了。

我被无物之阵包围着。被危险包围，却找不到危险是什么，到处都是壁，却又看不到壁在哪里。

如果问我想要什么的话，我想要叫一台救援的雪地摩托把我拉下去。

Antoine 又发话了："很简单的，你往下滑一点点，然后让雪板指着山坡，这样你一定能停下来。你十五分钟之前一直在做同样的事情，只要再做一遍就好了。"

我觉得他很聒噪。我觉得自己无论如何都不能在一条这样陡峭的雪坡上停下来，只要向前一步，五秒之后我就会出现在坡底。

他越是鼓励我，我越是着急，越想不通我为什么要答应他们来滑雪。

不知道是被又干又冷的风吹的，还是被逼得急出来的，我的眼泪开始往下掉。我很尴尬，我并没有想要流泪的意思，于是更着急了，哭得更厉害了。

周围的热衷助人为乐的法国人们突然兴奋了起来，有人哭了，有人需要帮助！让我们把她团团围住，看看我们能帮上什么吧！

一个穿着红色衣服的老人滑到了我身边，问我怎么了，我说："我害怕。"

听我居然说法语，他高兴了起来，回头对着山上喊：

潜水

243

"她能说法语，来吧。"

倏忽之间，几个影子滑到了我的身边，因为实在太尴尬，我没有抬头看他们。

他让我跟着他，我们一点一点往下滑。

事已至此，我觉得比起这个雪坡，更可怕的是围在我身边，热切地看着我的那群人，比起五分钟之后看到他们失望摇头的表情，我情愿立刻翻滚下去。

于是我跟着他开始慢慢往下滑，在坡上画出巨大的Z字。

Antoine 对我说，有一次我们在绿线上滑雪的时候，身后跟了一群几岁的小朋友，因为我在前面耐心且缓慢地画着Z，他们跟在我身后想要超过我，却又不知道怎么突破我一人筑出的重围，于是在我身后互相拉扯，踟蹰不前。

如果你认为我是在被鼓励之后，重获了勇气的话，那就错得离谱了，我不是滑下去的，是逃下去的。

那个红衣服老人在前面时不时回头望向我，还教我到底应该怎样转弯与停下，我的身后也跟着人，在我出于胆怯而停下的时候，他们就大声鼓励我继续前行，顺便引起周围更多人的注意。

我对自己说，只要我坚持滑着，就能摆脱围在我身边的好心人们，黑夜就能走向黎明。

于是，就这样，我边抹眼泪，边抱头鼠窜了下去。

突然前面有个小男孩摔倒了，他的滑雪班里一群十几岁的小孩站在雪坡边上等他，也顺便欣赏着我绰约的身姿。

在我反复路过他们面前的时候，有人甚至对我鼓起了掌，我一时尴尬得连眼泪都忘了往下掉，缩小 Z 的范围，迅速离开他们长长的队伍。

如果这场闹剧在这里就收尾了的话，那还缺了些滋味。

忽然我身后很迅速地飞驰过了一个身影，他显然有点失去了控制。

其实这和技术不完全有关，一月份的雪场是很危险的，因为随着温度变低，积雪变硬，坚硬的雪面很难产生足够的摩擦力，变得很滑，容易失去平衡，所以速度快的情况下，很容易突然失去控制。

有的地方，常年在山的背阳面，因为寒冷，雪冻成冰，需要造雪机往空中喷细碎的雪沫才能滑行。

天气也易变，比我的脾气还捉摸不定。晴天倒没什么，阴天的时候，人是看不见坑洞或者是转弯的，只能看见白茫茫的雪。

在我去滑雪的第二天，法国男演员加斯帕德·尤利尔就在阿尔卑斯山区域内被高山上冲下来的人撞到而丧生。

不过我嘛，没什么可担心的，我的问题不是如何停下，而是如何开始。

那个人显然试图在冲到雪坡边缘之前减速转弯，但是地下的冰雪太滑，他一头撞上了一个人，居然是站在路边等我的 Micheal。

245

　　他们两个人从地上爬起来之后，发现彼此都没什么事，只是 Micheal 的雪杖被撞断了。于是，就这样，那个男人掏钱给他买了一对全新的雪杖，Micheal 因祸得福免费换掉了自己用了五六年的雪杖。

　　在我从山上缓缓滑下来之后，他激动地对我表示了感谢和赞扬。

　　Antoine 说他也学到了。可惜一天之后，他因为撞上别人，折断了自己的雪杖，倒亏 30 欧。

　　在我从山上缓慢地挪动下来之后，我的眼泪还没被完全吹干，Antoine 对我表示了极大的赞扬，他说："很好，你和别人说话了，这证明你不是活在我们的想象里。"

　　他嘲笑我因为太害怕看到陌生人失望的脸而做了原本不敢做的事，他说实在没有想到有人对人的恐惧大于一切。

　　第二天 Flora 早晨来叫我起床的时候，附在我耳边轻声说："穿红衣服的老人来了。"我一个激灵坐了起来。

　　起码这次，我躺在温暖的被窝里。

在欧亚与美洲板块之间潜水

我们决定去接近 0 度的海沟里潜水，不为别的，就是为了尝试点新东西。

我和天天甚至考虑，要不要去英国坐直升机跳伞，对自己进行一个彻底的挑战。

当然没过多久之后我们就发现是不自量力了。

海沟叫作 Silfra，在 ingvellir 国家公园里面。

冰岛作为大西洋中脊线上，唯一暴露在海平面之上的土地，正在蓬勃地生长，因此这里每年的火山喷发和地震层出不穷，地下运动丰富。

放眼望去，到处都是地球上新生的陆地。

247

　　随时有温泉向天空喷出十几米高的水柱，源源不断的地下热水流进每家每户的水龙头，以至于整个国家都散发着一股暖烘烘的臭鸡蛋味儿。

　　在这片新生的土地上，Silfra 是欧亚大陆板块和美洲大陆之间的裂缝。两边的土地属于不同的大洲，裂缝狭窄深邃。

　　在火山岩的层层过滤之后，这里的水清澈到令人生畏的地步，站在岸上低头望向水里，能隐约看见几十米深的水底。水不是透明的，而是蓝色的，更显得幽深寂寞。

　　来都来了，冰岛的气候也实在让人觉得，这是一个一生只会来一次的地方，那就去看看吧。

　　由于海沟连通着大海和冰川，因此水温一年四季没什么变化，不论是狂风夹杂着冰雪的冬天，还是狂风夹杂着冰雨的夏天，这里的温度都在 0 度上下。

　　在这么冷的水里，要穿两层潜水服，一层保暖，一层为了把水隔绝在外。

　　问题在于，为了隔绝无处不在的水，潜水服很紧，而且在各个开口处，不管是脖子还是手腕脚踝，都要用松紧带扎得密不透风。

　　活像一个装在套子里的人。

　　在长达几十分钟的撕扯之后，我终于挤进了潜水服里，憋屈地蜷缩着四肢，等待进入海沟。

　　穿着防水的潜水服浮潜并不需要任何天赋，只要想象自己是一根没有生命，没有感情的浮木，随波逐流漂

我们决定去接近 0 度的海沟里潜水，
不为别的，
就是为了尝试点新东西。

在水上就行了。

随波逐流这件事，我是熟门熟路的。

水把人推着往前走，推到湖中，推到分岔的河道里，那里通向无数的将来。

在来之前，我特意为了潜水买了一个水下胶卷相机。在脑海里幻想出了一幅我四处游走，对着幽深的海沟和周围的风景拍照的场面。

结果真的游进水里才感受到，别说拍照了，连把相机从裤兜里掏出来套在手套上的闲暇之力我都没有。

冷水和压力让呼吸变浅了，每一口气都喘得很勉强，我不知道这到底是因为水太冷，还是那道让我移不开目光的深深海沟，给我带来了难以逃避的压迫感。

这样的水中，最让人感到不安的是，即使是海沟的深处，只要阳光能触及的地方，一切都是清澈可见的，没有游鱼，没有泥沙，水草也是稀疏的，我们这些闯入的人，皆若空游无所依。

这像是一个理想中的，没有阴影的世界。

我相信，只要目光顺着那条逐渐夹紧的隙缝无限延伸，我就有可能看到这个世界的尽头。

这个世界里只有水，到处都是水，不可见的水。

水在这里失去的形状，被阳光得到了。阳光在水中变成了具有实体的光束，在水底成为波纹。

如果不是冷水刺骨，漂浮着的我不知到底是在水里，还是在失重的天空中。

不过按照冰岛的天气来说，也许这水下比阴冷潮湿的陆上能见度还要高些。

整个世界都变成了蓝色，不是游泳池瓷砖清浅的蓝，而是深邃的，又带着日光折射闪光的蓝色。

在稍浅的地方，蓝色变成了明快的绿。水波晃动，我的整个世界也一起晃动起来。

景色美丽，我的身体却很难受。被包裹在潜水服里，我有一种被笼罩在一团雾气里的感觉，它又冷又沉，我在里面什么也不能做。

最主要的是，我对清澈的深水怀着带着压抑的恐惧，对我来说，这比一团浑浊的泥水还让人生畏，而且在水中的时候，失重的身下是不知道通往何处的海沟，耳边只有自己的喘息声。

这个幽深冷峻的世界里好像只剩下了自己一个人，而我所能依靠的，只有将我不断推向远处的水流，手往前抓去，只握住了一捧抓不住的水。

让人觉得这比有理想的生活更加孤独。

终于到了岸边，岸上的人把我们从水里扯起来，我如释重负回到岸上雾气茫茫的世界。

很好看，很高兴，下次再也不来了。

没有什么原因，我特别喜欢走路。

走路，爬山，看海

04　第四辑　───

走路去斯洛伐克

　　去布达佩斯不是第一次了，上一次的记忆主要和每天晚上混着晚风喝的酒有关，而这次作为一个成熟的大人，我们不再流连于塑料杯装着的廉价啤酒。

　　刚到布达佩斯的那天晚上，我们坐在一家酒店的天台喝酒，打开酒单一看，有一栏酒的名字叫作"用低度酒精延长对话"。

　　这就是我们想要的。

　　我到的时候刚好是匈牙利国庆的前一天，所以到处都洋溢着节日的松弛感，要不是现在因为疫情禁止游行，大街小巷早就充满了披着国旗疯跑的人们。

　　我发现长期住在布达佩斯的人和巴黎人很像，他们去布达佩斯不是第一次了，上一次的记忆主要和每天晚上混着晚风喝的酒有关，而这次作为一个成熟的大人，我们不再流连于塑料杯装着的廉价啤酒。

管除了布达佩斯的任何地方都叫乡下。

而这次我们的目的地就是乡下。

在我们班的第一次见面会上，每个人都被要求说自己的人生规划。

班里几乎一半都是法国人，法国人中的一半是巴黎人，他们说的无外乎是想去电影或是奢侈品行业，总之都是一些透明的东西，像是未经烹饪的蛋白一样。

而轮到我身边的一个南非女生的时候，她说她的人生规划是成功。

多么质朴可爱的人啊。

不知道为什么，我们这些从乡下来的人对大城市的人总是充满敌意，就像他们对我们一样。或者更准确地说，他们并不对我们抱有敌意，而是一种带着些不好意思的轻视。

他们说完巴黎之后会在胸前挥一下手掌，嘴里发出"噗"的一声，好像在说一件让他不好意思的事，仿佛对巴黎有很多不满一样。

但是仔细一想，不会有哪个法国北方人说："我爸爸是矿工，他每天都钻到地下 700 米去挖矿。"然后也像巴黎人一样无所谓地挥一下手。

我很喜欢匈牙利的车站和火车，这里给人的感觉好像停留在上个世纪，铁皮火车很破旧，人们拖着行李，背着大包，让阳光在他们的身上留下深浅不一的痕迹。

最旧的车里连空调也没有，只有那种能从上往下拉

开的车窗，阳光和风都能直接进入车厢里。检票员背着大腰包，能准确地记住谁刚上车，谁的票已经查过了。

我们要去的小城叫Esztergom，中文叫埃斯泰尔戈。

说实话这里没有什么特别之处，不过就是欧洲城市的老几样，雕塑、城堡、教堂、管风琴、高大的市政厅、渺小的人类。

我们来这里是为了走路跨越国界，去到斯洛伐克。

在此之前，在国界线边上一点点，有一个陈年的矿址，开采出来了很多矿石。虽然已经不再开工，但仍卖很多之前开采出来的石头。

在这里买鹦鹉螺或者是紫水晶之类的东西，拳头大小的一块和喝杯奶茶的价格差不多，甚至还低一点。

斯洛伐克和匈牙利之间隔着一条河，河上架着一座桥，桥的中间一面画着斯洛伐克国旗，一面画着匈牙利国旗。

我们在那里迈出一小步，就进入另外一个国家了。

站在桥上回首Esztergom，看到的又是高耸的绿顶教堂，又是厚实的红顶城堡，好不热闹，而河对岸只有望不尽的森林和矮房。

来之前我们就打听好了，在斯洛伐克的边界上，有一家很原始的中世纪餐馆，里面摆满了各种标本，大到熊，小到鹰和狐狸。

走进店里的时候我心想，真是好大的胆子，要是在法国，非要有络绎不绝的人站在门口抗议不可。

吃的也很原始，服务也很粗犷，甚至连房子都是原木搭起来的。

这里的服务员们都矮矮壮壮的，膀大腰圆，下颌骨方得有棱有角。女孩子都圆滚滚的，脸蛋红扑扑，头发扎成两条麻花辫。

他们看起来像是从《霍比特人》里走出来的一样。

他们说话的嗓门大极了，要是听不懂的话还以为他们下一秒就要跳起来打人了。

重重地把我们的菜单摔到桌上之后，服务生小声地凑过来说了一句："别害怕，这是我们特色，你们现在回到了中世纪。"

等到点餐的时候，我问他能不能点个小啤酒，他坚定地点点头，说："可以，一升的。"

我说："不对，我要的是小的。"怕他不理解，我还用手比画了一下。

他更坚定地点了点头："嗯，最小的。"

然后我们合点了一份烤猪排。

五分钟之后，一个留着络腮胡，挺着大肚子的服务生把一个大搪瓷缸咚的一声扔在桌上，那个搪瓷缸是用来打饭的大小。

菜单的最下面写了一行字：备餐需要半个小时到七十分钟，我会把饭端上来的，你们这些浑蛋闭嘴不要催！

其实他们不需要写这些，看着他们的体格，我一句废话都不会有的。

隔壁桌人多，点得多了些，上菜的时候需要三个人抬着一条长木板走出来，木板上堆着一座肉山。

他们走的时候带走了六个打包盒。

我们非常安静地等了快一个小时之后，烤猪排也终于上来了。

别看这餐厅的服务狂野，烤肉还真是不错。又香又韧，还甜丝丝的。

唯一的缺点就是分量太大，为了解腻还送了半个烤苹果，又配了一个硬如磐石的面包做主食。

他们平时拿这个面包做盛汤的碗，真不知道他们怎么能觉得这种面包好吃。法国人吃了非得又要搞一场大游行不可。

就这样一份我们两个人合力也没吃完的肉，一结账才一百块出头。

唯一的缺点是他们在洗手间里把厕纸藏在一具骷髅的黑袍子下面，不仅要忍受着骷髅的注视上厕所，还要掀开她的袍子扯纸巾，让人感觉彼此之间欠缺了一点神秘感。

除此之外，我觉得这个边境小城还可以再来一次。

一座没有公共交通的小城

Baie de Somme 的旅行从一开始就不顺，没想到这座小小的旅游城市居然从中午 12 点之后，就不再有公交去市中心，只能步行 6 公里。

我觉得不可思议，每次出门我都不会太关注这些小细节，怎么可能有没有公共交通的火车站呢？

Antoine 说："可能他们没有想到有的人买不起车子，还这么喜欢出来吧。"

既然已经把不顺的开头说了，我把旅行的结尾也顺便说了吧。Antoine 先是在沼泽地里丢了鞋子，又摔了一个屁股蹲，然后把两杯芬达打洒在了他的防水包里，包里有我的相机，而且最终我们也没看到这次旅行的初

衷——海豹。

不过就算是这样，我居然还是玩得很开心。

可能主要是因为开学迫在眉睫，只要能出去玩玩，我的心都会跳得像是有人晚上在空无一人的大街上敲响房门。

Roubaix 的天气常年阴沉，天空的灰色能透过窗帘渗进房间。我的房间有大半面墙都被两扇高大的窗户占据，它们容许更多的灰色渗入。

Baie 的意思是平缓的海滩，Baie de Somme 的意思就是 Somme 的一大片海滩。这里不像那些著名的旅游城市有什么富有纪念意义的景点，或者是历史性的建筑，这里的意义就是骑骑单车，走走路，吹吹风。

这对于法国人来说是一种更为熟悉的度假方式。

前几天 Antoine 的教父邀请我参加他的生日会，说一起吃午饭。我心想这有什么，最多三点肯定能回家了，尴尬两个小时就没事了。

结果先是吃各种零食，喝着冰啤酒聊天。然后去院子里烧烤，烤完才算是正式开始吃饭了，还要再喝一轮酒。

吃完再坐到沙发上聊会儿，聊完去他院子里的小木屋蒸个桑拿。蒸完桑拿，冲个冷水澡，再去花园后门通向的荒地里散散步，顺便看看人家的马和驴，对别人院子里种的水果评头论足一番。

这还不算完，等回了他家，总要休息一下吧，总要聊聊天吧，这好几晃，晃得天都黑了。

真不知道法国人怎么无论老少，都有这么多能够随意消磨的时间。

度假的时候当然更悠闲了，骑车或者走路都能占据一整天的安排，躺在沙滩上也算是一件重要的事情。

在法布列塔尼半岛边，有一座袖珍城市圣马洛，在那里有一座纪念夏多布里昂的石碑，上面写着："一个伟大的法国作家长眠于此，他只想听到风声和海声。行人，请尊重他的最后意愿。"海浪与风暴是他最早的导师。

如果不知道夏多布里昂的话，至少雨果曾经写过："要么成为夏多布里昂，要么一无所成。"

由此看来，这些来去往复的海浪与风，对他们来说是非常重要的。

海滩上的夜晚是狩猎的时间，夜幕在这里不是降临，而是升起。

我一开始以为是人们害怕涨潮落潮，水在来去之间的威力过大，后来才知道这里的"狩猎"是真的狩猎，而不是一个比喻。天黑之后，任何人不论如何都不会再在海滩上行走，因为海滩上零星地分布着一百六十个小屋子。

这些屋子的主体在地面之下，屋顶只比地面高出几十厘米，高出地面的那部分是一个小窗。每天晚上日落之后一小时，就有猎枪从那些小窗里伸出来，等待着飞

来的鸭子。

这些猎人一个人一天可以狩猎 25 只鸭子，多了就违法了，不过他们说肩膀上扛着一串猎物的场景只会出现在电影里。

领着我们的猎人说他从小就和他爸一起打猎，现在已经 24 岁了，他和鸭子相处的时间比他和他妻子在一起的时间还要多，但是他只遇到过两次一夜能打到 25 只鸭子的情况。

不过就算打到了上限也不能立刻回家，因为一切地面上的活动都要在白天进行，他们在那个小小的屋子里做饭、洗澡、睡觉。有的时候甚至一两天都不回家，因为有人的小屋非常遥远，而海滩上只能靠步行。

那水陆之间的小屋就像是渔民的船。

他们的生活很传统，猎人的儿子依然是猎人，农民的儿子依然是农民。在那里经常能看到穿着长靴，带着猎犬的人们扛着枪，背着一口袋鸭子在路上行走。

这里的野地里还有各种植物，年轻的猎人领着我们在这里吃一口，在那里吃一口，对于他们来说，这些就是做沙拉最好的蔬菜。因为海水，这些植物都是咸的，还带着点酸味。

在餐馆里也能吃到这些植物，其中的一些，整个城市只有几个人有许可证大规模采摘。

听他这么说，我忍不住多薅了一片下来。

这里的海滩很细碎，有的地方像是沼泽一样，沙子仿佛变成了非牛顿流体的质感，在上面稍微停留一会儿就会陷进去。

沙子和水都是琐碎的，连形状都没有的东西，却可以重如千金。

Antoine 在把他的脚千辛万苦从流沙里扯出来之后，居然发现不只是鞋子，甚至连袜子都不见踪影了。

跟着猎人徒步海滩之后，我们想去看海豹，居然发现海豹在 10 公里之外的海滩上，而且一点也不令人感到意外的是，没有公共交通通往那个海滩。

我们只能重金租了两辆单车，骑车去海滩。

那段十几公里的路上，成群的牛羊在我们眼前闪过，还未成熟的玉米地绵延到目光的尽头，还有已经被切割打包成巨大圆柱体的牧草，静静地躺在金黄的草地上。

可惜的是我们除了一片石头滩、一群蛮不讲理的海鸥，还有兜里装着的一把石头，什么都没有看到。

那片一点也不出众的北方海滩，让我想到柯勒律治的那首诗："水，到处都是水，泡得甲板都起皱。水，到处都是水，却没有一滴可以喝。"

而且因为我们浪费了太多时间去捡那些又沉又丑的蠢石头，又因为我实在想吃炸鸡翅，所以差点错过还车的时间。

在一路狂奔的时候，Antoine 把我的相机泡进了芬达里。当我坐在马路边，提着滴水的相机欲哭无泪的时候，Antoine 说："至少你还有很酷的石头。"

走路，爬山，看海

这对于法国人来说
是一种更为熟悉的度假方式。

在博希尼湖看雪

到博希尼湖已是晚上，山上没有路灯，只能靠着车灯看见路边厚厚的一层雪。

早些时候在卢布尔雅那的时候，就看到整个城市都被大雾包围，路灯在黑夜中散发着朦胧的光。

乡下就更是如此，车灯只能照亮眼前短短的一段距离，就连那点被光线照亮的路，也是模糊不清的。

我们住在一间农舍里。房子的位置倒是很好找，因为周围也没什么还亮着灯的房子。

农舍不远处是一间牛棚。

有雪的夜晚，声音都被吸进了雪里，牛脖子上的铃

267

铛声就更显得响亮。

农舍甚至连门都不锁，我们推门进去之后，一个穿着毛衣的老奶奶笑呵呵地迎出来，把我们领进屋里。

屋子的一个角落里挂满了奖章，全是参加滑雪比赛得的。

博希尼湖边的山上可以滑雪，而且多数人滑野雪，根本不去雪场里滑别人开辟好的道路，偏要在荒山野岭里寻找乐趣。

屋里的暖气开得很足，一进门我的眼镜上就结上一层水雾。窗户上也结起了霜。

卧室外有一个很大的露台，露台上的雪积得没过了脚踝，再往远处看去，就是屋顶上堆满雪的村庄和枯萎的树木。

还没等我们把东西放好，就响起了敲门声。

推门一看，房东奶奶端了个托盘来，上面是牛奶和苹果汁。

她说苹果汁是去年酿的，今年特别寒冷，苹果都被冻死了，没有多余的。

牛奶就是她农场里的牛产的，简单消了毒，处理了一下。

这里在路边经常能看到自动卖新鲜牛奶的机器。

像她一样的小农场主每天往机器里灌自家产的新鲜牛奶。

到博希尼湖已是晚上，山上没有路灯，只能靠着车灯看见路边厚厚的一层雪。早些时候在卢布尔雅那的时候，就看到整个城市都被大雾包围，路灯在黑夜中散发着朦胧的光。

这样就不用通过经销商或是超市等中转方式，能喝到真正新鲜的牛奶。

不过说实话，价格虽不算贵，但肯定不如批量生产的超市牛奶便宜。

在这样的夜里，我们也无事可做，因为外面实在是太冷了，太黑了，也太寂静了。

只能吃饭。

在这种小村子里，对食物的要求就不能太多了。

斯洛文尼亚人吃饭很早，可能是因为四点多天就黑了，出去也没什么可做的，干脆聚在一起吃顿热气腾腾的饭。

室外空荡荡的，黑漆漆的，一个人也没有，亮光都被雪吸收，但是门一推开，就是另一个世界。

杯盘声叮叮当当地作响，人声鼎沸，嗡嗡地闹腾着。

屋子里点起火来，大家一起大口吃肉喝酒，最妙的是，他们居然吃辣椒，而且还腌泡椒吃，甚至还有泡椒比萨。

一通胡吃海喝过后，每个人的脸蛋都红扑扑的，就像正发着高烧。

吃完饭后，穿上两层外套，围上围巾，带上毛帽，再戴上手套，把外套的拉链拉到最顶上，不让寒风有一丝缝隙可以钻。

走到屋外，雪地上点了篝火，随着冷风扬起的火星就像夜空里的星星一样明亮。

不过他们的主食倒是很简单，土豆和小麦，万变不离其宗。

我在一篇报道陕西农村女性困境的叫《平原上的娜拉》的文章里，看到一心想逃离农村生活的刘小样说："一天三顿，永远在和面、擀面和煮面，唯一能变的只有面的形状。"

斯洛文尼亚的冬天也给我这样的感觉，食材就那几样，不过有点形式变化。

吃个新鲜还行，多吃几餐，顿觉人生无味。

让我欣喜若狂的是居然有泡椒罐头出售，除了辣味微弱之外，和国内的泡椒味道别无二致。

于是后面的几天，我们每天晚上都在家做泡椒炒肉，然后美美鲸吞下一大碟米饭,这不比在外面吃土豆美多了？

第二天一早，我们顶着还没有散去的大雾出门沿着湖边爬山。

可雾实在是太大了，不论远近都模糊成一片，走在湖边连湖面都看不到。

只能看见对面物体的大概轮廓，边缘还泛着毛边。

不过像我这种在广东长大的小孩，在能没过膝盖的大雪里行走本身就是一种乐趣了。

271

　　山里的雾很浓，却很薄，大部分时间天地都是白的，有时候忽然来一阵风，阳光和蓝天就出现了。

　　他们随时出现，随时消失，像是雪天在雪地上写诗，边写边消失。

　　我们在雪里走了两个多小时，又爬了一段滑溜溜的山路，终于到了山顶的瀑布边上。

　　山顶穿透了雾气，可以看到远处的高山，还有下面白茫茫的一片。

　　没想到下山成了大问题，因为太多人来爬山，山上的雪被踩实了，成了冰，上山可以踩着前人的脚印，下山却很难。

　　走在我前面的人连着摔了四个大屁股蹲，引得大家在边上笑得满脸通红，她自己也爬起来跟着笑。

　　等我们下山到湖边之后，正好赶上日落，天也放晴了。

　　难得赶在日落之前看到了博希尼湖的样子。

　　不过短短十几分钟之后黑夜就落了下来，水汽重了起来，干冷变成湿冷，直往人衣服里钻。

　　我们只能一头钻回农舍的房间里，把沾满了雪花的外套挂在暖气片上，让上面的冰碴衰老融化。

　　美美地剁碎泡椒，拌上猪肉末炒饭吃。

　　泡椒酸辣，猪肉油香，米饭散发着质朴的香气。房东送来的苹果汁酸中带甜，还带着汽儿，清爽解腻。

　　一顿饭吃完，浑身上下都暖起来了。打开窗帘看看外面，漫山遍野的雪和雾，更让人觉得浑身温暖。

早晨醒来，前夜很冷，雾气都结成了霜，被冻在了树上，树全变成了白色。

这是真正的银装素裹吧？

阳光照在雪山上，山顶被染成了暖色，整个村庄一改前几天的阴郁，变得明媚起来。

虽然三角形的屋顶上堆着的冰雪没有丝毫消融，房檐上的冰锥也纹丝不动地挂着，街上的人却不知不觉地多了起来。

我们也终于能在餐馆里抢到一席之地了。

走路，爬山，看海

去科西嘉看海

到达科西嘉，正是 2022 年的第一天。

跨年的那天晚上，船上没有网络，也没有娱乐设施，只有一台极度老旧的电视，翻来覆去只有两个台，还都讲政治。

于是，我在从马赛到 Bastia 的船上睡得天昏地暗，生生睡过了新年。

科西嘉岛上出行，只能靠稀疏的公交和火车，它们也不能去到岛上的每一个角落，只能到大城市。火车甚至不能网上提前买票，只能在站台买。

运营模式颇为老旧。

我们决定，第一站先去大城市 Calvi。

别看科西嘉只是个岛，但它还真不小，从 Bastia 坐火车到 Calvi 要三个多小时，如果想要南北贯穿整个岛，从 Calvi 到 Ajaccio 要五个多小时。

在岛的最北部还有一条徒步的路线，叫 GR20，能通往岛的中部，普通人要想走完，一般要个小十天。

科西嘉和南部的撒丁岛都是夏季游客来度假的胜地，来之前我还美滋滋地想，赶在冬天的淡季来，就不用顶着烈日和沙滩上络绎不绝的胳膊大腿一起挤来挤去了。

结果好嘛，正是由于科西嘉非常依赖旅游业，所以淡季的街上门庭冷落，超市、商店、餐厅、酒店，还有各种水上的活动全是关闭的。

路上的人也少，大家都懒洋洋的。十点多，我们想找个咖啡店吃个早餐，结果遍寻整个城市，最后才在角落里找到了一个顺便卖彩票的咖啡店开了门。

里面的大爷们叼着烟，大声地打着牌。

原本还计划着去集市买些刚出海的海鲜，可没想到渔民比我们还潇洒，新年期间集体放假，谁也不出海工作。

有一天晚上因为超市都关了门买不到吃的，我们进城找餐厅，好不容易看到了一家灯火通明，进去还没把帽子摘下来，就听到里面一阵小球滚动的声音。

桌前埋头的人都抬起头来看着我们，原来他们不是在吃饭，而是在玩宾果游戏，正埋头填数字呢。

后来有一天，我们实在闲着没事干，拿着巨额本金

20 欧元（人民币 150 元）去赌场挥霍、豪掷，第一天赚了 6 欧，双手颤抖离开赌场，买了两个三个球的冰淇淋庆祝。

第二天 20 欧输得一干二净，双手颤抖离开赌场，除去输掉的本金，前一天冰淇淋花费 15 欧，损失惨重。

其实最后还剩 0.09 欧，我们拿着小票去前台，光头的掌柜收了票，翻了个白眼，手一伸，示意我们可以出去了。

人生经历了这样的大起大落之后，我们决定还是把钱花在吃上最保险。

还好风景是不变的。

Calvi 的海是透明的，往远处望去，整片的海是淡蓝色的，低头看脚边的海水，却只能看到阳光因为海浪而在沙子上投下的变幻波纹。

一会儿浮光跃金，一会儿静影沉璧。

要不是沙滩上的阳光斑驳，不然真的感受不到海水的存在。

海滩细腻，往海里走很远很远，海水也不过没过膝盖，海边的礁石上有很多海胆和海葵，只要伸手就能摸到它们。

虽然一小部分法国人也吃海胆，但是他们不明白海胆在亚洲居然是一种价格昂贵的食物，不然估计岸边的这些小黑球早就被薅光了。

岩石上还有很多大小不一的寄居蟹，把它们捡起来，放在手上，不一会儿它们就摇摇摆摆地爬了出来，那副大胆的样子好像从来没有感受到过危险的存在。

冬天的 Calvi，天气并不算太冷，白天有十几度，但是海里还是有些凉意。这凉意把在夏天在海中拥挤的人潮驱赶回了岸上。

海里很平静，除了海浪的徘徊，只有海鸥偶尔飞过。

这边的城市相比起法国的风格，更偏向于意大利，这可能也是因为在很长一段时间里科西嘉是属于意大利的。

建筑的墙壁一般都是淡色的，偏黄，屋顶是明媚的暖色。

虽然靠着海，这里的地势并不平坦，离海边不远就是山，房屋也依山而建。站在海边，抬头就能望到山上高高低低的橙色房顶。

我们住的地方不在城市里，要爬到山上去，沿着山边走上个二十几分钟，路过无数关门闭户的度假村才到。

原本我们找了个靠海的民宿，结果提前几天房东告诉我们他的上一任房客得了新冠，他倒是不介意我们继续入住，就是告知我们一下，问问我们的态度。

说实话，我们身边的朋友，几乎每天都有确诊的，怕也没用，躲也躲不过来，只能自己多加小心。

看我们一犹豫，他立刻说，他就是医生，不管我们做出什么决定，他都是同意的，他说："因为我知道我在说什么，现在在发生什么。"

于是，我们取消了预订之后，他不仅分文不取，还好一顿道歉，又祝我们新年快乐，又祝我们旅途愉快，还问要不要他开车去车站接我们。

倒让我有些不好意思。

后来订的酒店有个小小的阳台，从阳台上就能看到海。

在这里，人是贪婪的，每天坐在那里不愿离开，企图把即将流淌过去的时间据为己有，只怪冬天日落得太早，一天过得太快。

Calvi 的海很静很静，几乎不发出什么声响，像是一个很内向的小孩。

相比之下，不远处的 L'le Rousse 就完全是另一番风味了。

L'le Rousse 离 Calvi 只有半个小时的距离，L'le 的意思就是岛。来这儿，就是为了爬山上一个半岛看海的。

上岛前，好不容易看到了一家开门的餐馆，我们抓住机会进去吃饭。

餐馆里冷清清的，四面都是落地的玻璃窗，被一股暖融融的蓝色包围着，让我们放松心情，放下戒备，放下警惕。

吃完饭后毫无准备一头扎进怒号的海风里。

风包裹着头发，大力地拍在脸上，裹着人往前走，仿佛整个城市都生活在风里。

这里的海像是有怒气，拽起海浪，拼命地打向岸边。耳边被风声和海浪碎裂的声音灌满。

calvi的海是透明的，往远处望去，整片的海是淡蓝色的，低头看脚边的海水，却只能看到阳光因为海浪而在沙子上投下的变幻波纹。

　　半岛的最顶端有一座小小的教堂，所有曲折蜿蜒的小路都指向着那里。

　　跨过教堂，就是一望无际的海洋。离陆地最远的山边的凹槽，零落着许多酒瓶，大概许多人在这里坐着，喝着酒，看着远处的大海，和近处被拍在岩石上，碎成千万块的海浪。

当一个爱走路的人去到 Étretat

没有什么原因，我特别喜欢走路。

不管是在哪里，只要天气合适，身边有合适的人陪伴，或者干脆无人陪伴，我就能那样一直走下去，四五个小时也不觉得累。

路上我没有听歌的习惯，也不喜欢多说话，最多在听到有趣的对话时，伸长了耳朵偷听人家。

心里什么也不想，也不关心走到哪里去，那种状态就好像是在读《追忆似水年华》，"就如一个人中了邪躺在河底，眼看潺潺流水，粼粼流光，落叶，浮木，空玻璃瓶，一样一样从身上流过去"。

片刻的欢愉和不幸就这样在眼前流走，不归我所有。

281

这种时光我觉得甜蜜，那是一种无所事事的甜蜜。

　　我并不介意在哪里走路，哪怕在城市里我也照走不误。然而 Étretat，可以说那里是一个爱走路的人愿意永远走下去的地方。

　　从绿走到黄，黄走到褐，走到褐的尽头失去色彩，只剩下悠然坠下的一片大海。

　　Étretat 在诺曼底，离城市并不遥远，在海边有一个小小的村庄。

　　大部分人只在这里停留一天，不过我的旅行不止是为了拍几张照片，而是享受无事可做的甜蜜，所以我住了三天。

　　不为别的，就是不想风尘仆仆地赶车、爬山，就是想睡到十一点，吃个早午饭，再拖着沉重的身体缓缓出门。

　　Étretat 出名的原因，是印象派的一众画家们。

　　这里阳光温柔，地形奇特，风大，把海水吹碎了，这就印象派了起来。

　　其中最出名的要数莫奈，他那张象鼻山的画，现在就挂在距离 Étretat 不过两个小时的巴黎橘园美术馆里。

　　沿着小镇一直往海边走，就到了一片不能下水的沙滩，诺曼底风急浪大，不能游泳。

　　沿着岸边有一片简陋破烂的墙，上边贴了"二战"

时期敌军在这里登陆并摧毁村镇的照片。

　　沙滩的两端都可以往上爬，爬个大概两三百米就站在了悬崖上。

　　幽深的草甸中开出了一条小路，那条路越走越简陋，到最后就成了先前来的徒步者在地上踩出来的泥巴路，就这样可以顺着 GR21 步道一直，一直，一直走下去。

　　沙滩两边的风景稍有不同，一边爬上去之后有一个小教堂。

　　风把草吹倒在地上，草地显得蓬松，悬崖上人影寂寥，只有一座孤独的，高耸着的教堂。

　　从这里回首望向来时路，就是最负盛名的象鼻山。

　　一百多年前莫奈看到的，和今天的我看到的，是一模一样的风景。

　　欧洲人把教堂建到任何一个有人的角落，不过不知道现在多少人还去那里。

　　起码在里尔，城市里最大的教堂时常会借给乐队开演唱会，因为建筑高大，回声响亮，欢呼声听起来山呼海啸，让人担心那些马赛克的彩色玻璃片会纷纷裂开。

　　再往前走，可以顺着悬崖爬下去，一直爬到最底部。

　　从悬崖上是看不见悬崖的，在底部被海浪拍打着脚背，向远处望去，突然有一种走到了世界尽头的感觉。

　　Étretat 的悬崖不知道为什么，断裂得非常整齐，就像齐刷刷被一刀斩断。

走路，爬山，看海

这里阳光温柔，地形奇特，风大，
把海水吹碎了，这就印象派了起来。

一边是陆地，一边是海洋，二者没有一丝交集。

我看着那几十米的白色截断面，就像是《楚门的世界》里的楚门，第一次伸手碰触到了他所以为的世界极限。

大陆停止于此，人类的脚步不再向前延伸。

虽然当年"二战"的敌军是从对岸打来的。

这条步道走起来有些无聊，因为平整的悬崖上是什么都看不到的，一边是不变的大海，一边是被围起来放羊的草场，中间只剩下一条小路不断延伸。

沙滩另一边的悬崖是 V 字形的，也就是说先爬上悬崖最顶端之后，缓缓地顺着前路降下去，直到下降到海平面，再顺着山坡缓缓升上去。

这条缓缓的路，要走到尽头的话，恐怕要一两天的时间。

之前去科西嘉的时候，岛上就有一条步道叫GR20，别看岛不大，但是一般要个十几天才能走完全程。

高耸的悬崖连着沙滩，沙滩上的人小到像是无足轻重的小点。海鸥在悬崖上筑巢，在风中挤在一起取暖，更显得这风有些残暴了。

因为在背光面，这边的岩石看起来是黑色的，缓坡看起来极其巨大，人影很小，像是围在鲸鱼边上的小人儿。

身边的草很深，但是远处连着峭壁的草地看起来连草坪都算不上，最多只能算作青苔。

海是碧蓝的，有阳光照射的地方闪着光，被拍碎的海浪变成白色，打在漆黑的沙滩上。

走路，爬山，看海

285

　　人们散落在向阳处的草地上，和海鸥斗智斗勇，保护手中的午餐，或是躲在天然形成的石洞里长时间地凝视着远处。

　　我时不时停下来，走到峭壁边，迎着风眺望，越看越觉得像是蜉蝣，吾生须臾，像沧海一粟。

　　更多的时候，我埋头顺着山坡一直往上爬。

　　我不知道爬到哪里才是尽头，感觉像是从一个尽头企图走到另外一个尽头。但我很快放弃了，因为肚子饿了，该下山回到热闹的镇子里吃饭了。

　　如今不在的一世之雄，他还安在的时候，肯定也是要吃饭的。

我遇见的那些冰岛人

我听过一个笑话，有人说疫情限制两米的社交距离之后，冰岛人觉得很为难，因为他们平时和陌生人距离就保持在两米以上，不知道疫情后是不是还要靠近一点。

我们很快就在冰岛人身上验证了这一点。我们叫不出名字的本地向导，在开车带我们去 Snfellsnes 国家公园的路上，忽然指着荒野里一个小小的半圆形房子，说那是他的家。

他的小屋子在一片无尽的旷野上，一边是海滩，一边是高耸的悬崖，悬崖顶上的雾气很沉重，坠满了水，像瀑布一样缘着悬崖流下，消散在半山腰。

从他家举目眺望，见不到一丝人迹，屋前散乱地堆

着劈碎的木头，屋子是他自己建起来的。

一两公里外是他爸爸自己建的房子和一个小小的农场。

当他把车停在家门口的时候，我问天天："你有没有觉得这个场景似曾相识？他是不是要给我们卖自己产的蜂蜜和茶叶了？"

结果他只从家里摸出一罐牛奶和酸黄瓜罐头就回到了车上，是我小人之心了。

这个向导是一个很有趣的人，他的打扮很有意思，留着标准的八字胡，胡子尖用蜡拉起了一个尖角，骄傲地翘着。

他的鞋更好玩，像脚蹼一样分出了五个脚指头，每个脚指头都骄傲地遗世独立。

不做向导的时候，他在家里写诗，写童话书。

冰岛在靠近北极圈的这一圈国家中，属于最受旅游文化侵蚀的，法罗群岛和格陵兰岛才是真正少被涉足之地，然而和别的旅游国家相比，这里还是淳朴一些。

冰岛的很多旅行社、酒店、餐厅都是家族世代经营的。

我们有一天住在一家农舍里，他们的餐厅供应自己农场生产的羊肉，院子里堆着鲸鱼的骨架，能闻到浓浓的牛羊味儿。

不远处就是客房，公共区域内放满了他们家族曾用过的家具，房间简单，但胜在装满一面墙的窗外就是草甸山崖与欢畅奔跑的小羊们。

他们还在客房指南里放了一张全家福，写了一小篇农场近百年，经历六代人的小故事。

那是一个很简单的鸡变鹅，鹅变羊，羊变牛的故事，他们一百年前是农民，现在依旧是农民，他们在其中找到骄傲。

除了在雷克雅未克，观鲸或是冰川攀岩的旅行公司大多也是家族式的，大概也是因为人太少，一个村子的人可能都是一家人。

五月还没有完全意义上的极昼，我们在半夜迎接日落，日落下去，天却不完全黑，总带着点蓝色的亮光。

两点鸟倦飞而知还，叽叽喳喳让人睡不着觉，还没睡几个小时，天又大亮了，教堂敲起了钟，鸟叫声陪伴了整个不长的睡眠。

冰岛的自来水都带着臭鸡蛋味儿，因为几乎全是地下的温泉水，不过也没人拿这个做文章，因为除此之外也没有别的什么水可用，而且这七八十度的温泉水还能给屋子自动加热。

我们在雷克雅未克的房东也是一个言简意赅的人，他基本上只说单词，只进行简单陈述，从不问问题。

甚至在街上牵着孩子与我们相遇的时候，我们居然默契地假装看向远方并不存在的风景。

我太喜欢这种躲避社交的生活了。

不过他是一个很有生活情趣的人，我们的房间里摆

289

走路，爬山，看海

满了他的书和不知道从哪里收集来的小东西，有青花瓷的胭脂盒、装裱在木框子里的蝴蝶标本，还有各种针织画和形状奇异的镜子。

冰岛人虽然冷淡，但大多很和善慷慨。

不是在小吃店饭后出门前被送一根巧克力棒，就是自选菜因为菜量不多，所以收银员减掉了一道菜，只收最低的价格，还有在咖啡店点蛋糕的时候，店员说下午茶快要打烊了，反正蛋糕剩着也是扔掉，于是送了一块能喂饱三个人的大蛋糕。

我问天天知不知道她和一张大比萨的区别是什么，答案是一张大比萨能喂饱一家人，而她不行，因为我们学历史的人未来渺茫，找不到工作。

我们的向导 David 听说同行格外活跃，近乎社交恐怖分子的美国大姨想看冰岛国鸟 puffin 之后，在计划之外把我们带上了一个风声呼啸，狂风能把人推个踉跄的峭壁上，居然还真让我们看见了那些彩色的笨拙的小鸟。

他高兴得用拳头砸自己的肩膀说："你真棒，David，你做到了。"

好像完成了一件很了不起的事情，好像他没有成百上千次看过这些圆圆的胖鸟。

不过我认为发展中国家的人显得不如发达国家的人有礼貌、富有善意，且热爱多管闲事。并不是他们的文化、文明程度差在了哪里，而是他们的生活是拥挤的，资源是要依靠争抢才能得到的，因此人是向着自身紧绷着的。

如果每天朝九晚五，隔三岔五罢个工，中午晒两个小时太阳，一年放 5 周带薪假，工薪阶层两三个月的工资够买小城市里的一平方米，那能不松弛又和善，见人就想笑呵呵搭两句话吗？

他们中的许多人也没有远大的理想，因为普通的生活就很舒适。

我有一次在 Calais 坐大巴去 Cap Blanc-Nez，专挑了阴凉的那边坐下之后，后面来了个中年女人，拍拍我的肩膀对我说："你要坐对面去。"

我心想，坏了不会遇上 Karen 了吧，我坐着也碍着她了吗？

结果她说："车开了就要掉头，现在被晒着的地方才是阴凉的，大家都坐那边。"

他们还真有多管闲事的闲情逸致啊。

泡着温泉喝着香槟的人讨论全球变暖、冰川消融、鲸鱼捕猎，而怎么能去要求一个不知温饱的人去抵制塑料袋、购买有机蔬菜、支持本地产物呢？

农民不计较你踩了我家的田，你家的牛吃了我囤的草，难道要去关心乌俄战争和欧洲天然气价格上涨吗？

我觉得前者对后者的视而不见，比后者对这个世界正确导向的关注缺失更甚。

哪天我也想住在羊比人多的农场上，方圆几十里外见不到一点人烟，只有草甸、山脉和山顶流下来的雾。

当然房间里洗衣机、洗碗机和暖气可不能少。

走路，爬山，看海

我被法棍伤害了

Antoine 邀请我去瑞士爬山，我没有多想就答应下来了。

我的脑海里浮现出阿尔卑斯的白雪、河流、山中回荡着的牛铃铛的空灵、透明的湖水、云雾中的勃朗峰……

然而我万万没有意料到的是，这段旅程居然在最意想不到的地方给我带来了打击。

爬山的成员还是那么几个精力极其充沛的法国中老年人，另加了一个非洲人 Abdoulaye，他在几年前以难民身份来了法国，在一个学校食堂工作。

我在这里着重提到非洲并不是因为我有种族歧视的嫌疑，我想强调他的原因，在后面会显露出来。

然而我万万没有意料到的是，这段旅程居然在最意想不到的地方给我带来了打击。

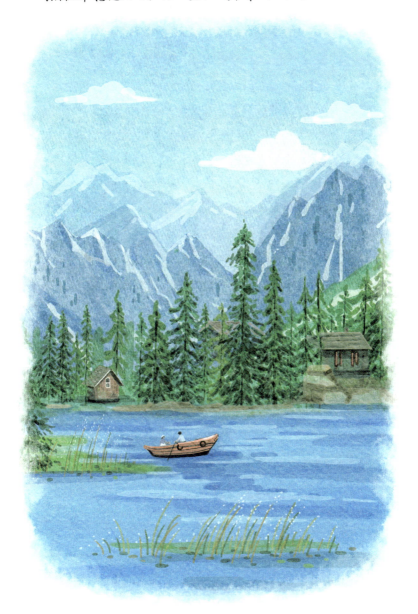

那么这一段短暂的、疲劳的、炎热的爬山之旅，在看过了碧蓝的湖水和群山环绕的村庄之后，我印象最深刻的是什么呢？

饿。

我终于知道法国人爱吃甜品和黄油却大多很瘦的原因了。

放着乡村中的特色餐馆和能够望见勃朗峰全景的小酒馆不去，他们专心致志在家里啃法棍，吃沙拉。

到 Vallorcine 的第一天，我们吃了唯一一餐热饭——一小锅白水煮土豆，配上一盒番茄、一根切片的黄瓜，还有一盒罐头豆角。

肉嘛，就是吞拿鱼罐头。

可别忘了，这是七个人的晚餐。实在吃不饱的话，法棍倒是任吃的。

第二天的早饭是抹了果酱的法棍，要说不丰盛呢，也多少有失偏颇，毕竟有三种不同的果酱和四种不同的面包任君选择。

还有梆硬的奶酪任由你夹在梆硬的面包里吃。

这幅场景勾起了我半年前在雪山上的痛苦回忆，Micheal 和 Flora 坚持要在雪山上吃三明治。

我们在早上出门之前，做好三明治，它们跟着我们在天寒地冻的雪山上自由滑行三四个小时，被冰冻和挤压到失去形状。

当我坐在冰冷的雪地里，艰苦咀嚼着被压得上气不接下气的三明治时，我甚至尝不到它们的味道。

我原以为夏天的活动，多少会好些，起码不受寒冷的侵袭。

然而我大意了，虽然每天在山上行走完三个小时之后，我的身体被晒得通红，然而胃里每天依旧受冷风吹。

第二天的午饭是苦菊沙拉配法棍。肉嘛，有的，8片火腿，有一个手快的幸运儿可以多吃一片。

我不爱吃苦菊，礼貌拒绝，他们坚持要给我盛菜，于是我不礼貌地再次拒绝了，他们还是坚持要我吃两口，于是我礼貌地把它们倒进了垃圾桶。

我觉得所谓的入乡随俗是在个人意志之下的，对牛弹琴除去了对牛的藐视，只剩下了对弹琴者的嘲弄。

我为每天吃法棍已经做出了巨大的努力和牺牲，实在是不能再为苦菊贡献出我仅剩不多的胃口了。

咱们中国人嘛，日子过得不顺利就算了，连吃也吃不好，真不知道人生的指望在哪里了。

晚餐的时候，Abdoulaye 挺身而出，做了一顿鸡翅乱炖配番茄米饭，煮饭的时候加了油，锅底下煎出一圈焦壳，我吃得眼泪都要掉下来了，从未觉得中非人民如此心连心。

我总觉得饿的一大原因是，他们吃的饭不只分量少，没有油水，也没有味道。

用 Antoine 的话来讲，如果说他们做饭会往里面放什么调味料的话，那应该是面粉。

　　吃饱喝足，我觉得我有勇气迎接第二天了，然而事实证明我又错了。

　　早餐不出意外地吃了法棍之后，Flora 宣布，当天的午饭要在山上吃。山上的餐厅太贵，所以并不出人意料地，他们决定要自己带法棍三明治在山上啃。

　　所谓的三明治，也就是法棍切开往里面抹点黄油奶酪之类的，至多夹片肉。

　　我早已心生厌倦了，偷偷把 Antoine 拉到一边，问他："这是一个为了精神支持乌克兰难民的徒步活动吗？我们不能感同，但是可以身受。或者是要忆苦思甜，重走红军长征路？"

　　我一时不知道自己是身处瑞士还是瑞金了，这二十年以来我从未受过这样的饿。

　　他说，他也早就厌倦了，他想吃真实的肉，但是"大家是一个集体"，应该一起活动，我们就假装自己在扮演乌克兰人就好了，居安思危总是好的。

　　从那天开始，我憎恨法棍就像我憎恨承诺一样，我决定不论谁说什么也不再碰它一下，谁劝一句法棍我和谁翻脸无情。

　　于是我带了两根香蕉，迈着轻飘飘的步伐走上了两千米的高山。

　　半山腰有一个能在露台上俯瞰群山的小餐馆，那是山上唯一有阴影的地方，别的地方只有一览无余的岩石，白惨惨地在阳光下朝空气中散发着滚滚热浪。

我心生期待，以为大家会弃暗投明，抛下手里的法棍，投入餐馆的怀抱，哪怕是喝一杯冰啤酒也好呀。

Micheal 发话了："看来只有餐馆背后有阴影了，我们坐在那里吃吧。"

先不说餐馆背后只有一片光秃秃的山壁作为风景，最巧的是，不远处就有一个公共厕所，不管是游客还是吃饭的人，都要路过我们这一群躲在后墙吃法棍的人去上厕所。

这幅图景让我多少有点心生凄凉，我觉得"我的容貌、身材、社交礼仪、美好的品格和性格，甚至灵魂都被毁了"。

我被法棍毁了，我的精神和肉体都受到了伤害。

当我沉默地坐在后墙，反复责怪自己为什么在有前车之鉴后，还要执意参加这种活动时，我唯一的精神伙伴 Abdoulaye 发话了，他说人不能靠吃沙拉和面包度过一天三餐，他在非洲也没有挨过这个程度的饿。

他想回非洲了。

我从内心的最深处发誓，信女愿此生荤素搭配，发愿非洲孩子们不必受法棍之苦，也不必受"大家是一个集体"之苦。

可能是由于天气过热的原因，我并不觉得饥饿让人难以忍受，让人辗转反侧的是，短短两天之内，我居然觉得再美的风景也显得苍白，人生马上就要无望，前无

297

通路，后无归途。

　　没想到法棍居然有这样的能力，建议法国把法棍加入到军队武器之中，在精神上摧毁敌人。静置两天之后，梆硬的法棍在肉体上也能摧毁敌人。

　　我想把屋里的法棍折磨一通之后全部扔掉，就像它们伤害我一样。

　　从山上下来，在湖里游泳的时候，我看着湖里的鸭子两眼发绿。

　　Antoine 问我："你知道鸭子是免费的吗？谁抓到算谁的。"

　　在我对屋里的法棍犯下无可挽回的伤害之前，我们终于离开山区，去到了日内瓦。

　　Antoine 叫我大口呼吸，我说："我没觉得这里的空气比山里好啊。"

　　他说："你没有闻到金钱的味道吗？"

　　日内瓦的物价确实很高，停车 4 小时要 20 欧，一瓶水要 5 欧，甚至一碗意面也要 40 欧。

　　不过他们的平均工资是法国的两倍。

　　我们走在街上，能够明确识别出瑞士人和外国人，因为瑞士人的笑声是富有的人才会发出的那种爽朗笑声。

　　那天特别热，天上一丝云也没有，阳光直直地照射在不愿为一杯可乐付 9 欧的行人身上。

我想大概云怕路过这里会被收停车费吧，所以它们都绕路而行了。

路边可以饮用的喷泉水边围满了路人，还有人用10升装的大桶打水。

在餐馆里问上一句"可以要一杯桌边水吗？"，这本意味着要一听免费龙头水，会收获的回答是："好的，您要矿泉水还是苏打水呢？"

我们打趣说，这里的龙头水也不能叫 the tap water，而应该叫 le tap water 才能尽享奢华。

当我们在 Leman 湖边进行免费的走路活动时，Antoine 突然拉住我，他小声偷偷说："你看前面居然有一个不应该在瑞士存在的人，流浪汉！"

我瞥了他一眼，说："不一定吧，可能是个法国人。"

那天我请 Antoine 吃了人生中最难吃也最贵的一顿中餐，我们很高兴地得知，我们没有得新冠，我们的舌头是能吃到味道的。

走路，爬山，看海

一间没有理想的动物园

那天晚上我伴着小浣熊和臭鼬们窸窸窣窣的咀嚼声入睡，屋外的壁炉噼里啪啦地燃烧着，我梦见了夕阳下的麋鹿和对着月亮嗥叫的白色狼群。

我住进了一个动物园里。这个动物园有点特别，特别之处在于它的普通。

那里没有大象和长颈鹿，也没有狮子和熊猫，没有动物表演，也没有让游人投喂动物的饲养环节。

动物园里为数不多的猛兽是一只常年睡懒觉的欧洲猞猁，还有两群常在夜里互相对着嗥叫的狼。

大部分动物都来自欧洲，因为动物园最初的主人在看了欧洲的各种动物园之后，提出了一个问题，为什么本地的动物园都在展示外来的动物，本土的动物却没有人愿意去了解？

于是，他放弃了做大做强的宏图大志，决定建立了一个向游人展示欧洲那些不被人所注意的，被遗忘的物种的动物园。

这里多的是阿尔卑斯旱獭、土拨鼠、野猪、河狸、狍子和马鹿。算得上外来者的动物只有狐猴、小浣熊和小熊猫。

他们生活在一片极大的栖息地上，没有笼子笼罩在他们的头顶上，四处都是躲藏的角落，时常导致我们这些伸着脑袋的游客望眼欲穿也寻找不到他们的身影。

由于这里食物充沛，阿尔卑斯的野生动物，或者是迁徙的鸟类都爱来这里免费蹭吃蹭住。

狼群的栖息地上空被老鹰盘踞，Cicogne 在树顶上筑巢，随时准备把土拨鼠没吃完的坚果一扫而光，马鹿群居的草原被路过的大雁密密麻麻地占领。

我去过法国和比利时的很多动物园，却依旧感到这里很有些特别。

在这里人与动物的界限很模糊，甚至是由动物们来决定的。

在土拨鼠的领地里，他们大肆在人脚边乱窜，在离人几厘米的土堆上躺平晒太阳。

　　鹿群里有一只特立独行的鹿，他不和同类们一起躲在人去不到的地方，而是站在门口迎接每一个人，我问他愿不愿意带上我的帽子和我当 homie，他美美眯起了眼睛，我把这当作是同意。

　　狐猴在人们头顶上顺着横亘的树枝自由走动。他们的饲养员就像吹笛人一样，晃动装了胡萝卜条的塑料盒子，他们排着队，紧跟在他身后，随着他四处走动，甚至反复尝试从树枝上倒挂下来，跳到他的肩膀上。

　　我们这些在动物园里过夜的人，享受的最大好处不是熊熊燃烧的壁炉，也不是欣赏用每年脱落的鹿角做成的吊灯，更不是吃无限供应的奶酪。

　　而是有机会在夜幕将要降临的时刻，跟着向导去看一改白天睡眼蒙眬状态的动物们。

　　白天的动物们，不是因为法国夏天的热气烘烤而昏睡，就是因为对喧闹的人群多少有些忌惮而躲在角落里。沉默安静的夜晚，是他们活跃的时刻。

　　晚饭过后，夜里九点，正是太阳缓缓降落的时刻，我们一行十几个人看着北极狐在万籁俱寂中高兴地在一块石头上兴奋地上蹿下跳。

　　狼群不再躲在丛林深处睡觉，而是亲昵地你蹭着我，我蹭着你。秃鹫的眼睛在黑夜里闪着光，光秃秃的脑袋随着人群的行动而转动。

　　最后，我们在马鹿栖息的草原上驻足，那里正好能看见一片粉色的夕阳，能看见太阳缓缓地落到树冠之后。

　　靠着依稀的光亮，我们能够勉强看到马鹿们在草原

我去过法国和比利时的很多动物园，
却依旧感到这里很有些特别。

上吃草，还有的跳进湖里，水花声打破了夜里的沉寂。

观景的木台上展示了各种不同种类的欧洲鹿的角，向导伴着不断减弱的光线给我们介绍这些鹿的生活与死亡，直到天完全黑下去，我们才摸黑回到各自的屋内。

我住的屋子在小浣熊的领地里，打开窗户能看到一群圆滚滚的小浣熊到处游走，有的时候他们站在我的窗台下，用期待的眼神望着我，好像等待着我不经意间从窗台上掉下一片面包。

栖息地里还有五只臭鼬，不过他们行动缓慢，与世无争，和那些时常厮打的小浣熊格格不入。

不知道为什么，相比起那些分成了美洲区、非洲区、亚洲区之类的宏大动物园，我更喜欢这个土拨鼠在脚边乱跑的，向导口音极其怪异的小动物园。

旧货节回来了

　　里尔的旧货节回来了，城市中四处贴满了海报。好玩的是，这些海报并不提起旧货节这个名字，而是像提起伏地魔一样，避讳地写着"她回来了"。

　　不再需要多言，全法国的人都知道，旧货节在缺席两年之后，终于回来了。

　　这是一个有上百年传统的商业节日，从1127年起，就有比利时的史学家提到每年八月底欧洲各地的客商来到里尔，参加集市，那几天他们可以自由交易，不需要交税，任何人也不会因债务或不当行为和妄想而受到起诉。

　　然而15世纪才正式出现了"Braderie"这个词，19世纪开始，每年8月底9月初的这个节日才变得与"旧

货"完全相关。

Braderie 的同义词是 Vide-greniers，意思是清空阁楼。显而易见，它的意思就是大家把摆在阁楼里的二手物件通通搬出家门，供别人购买。

在逐渐的发展和演变下，不知为什么，里尔的旧货节变成了一场巨型狂欢。

那个周末，每个餐厅都做里尔的特色菜——炖青口配薯条，他们为了展示自家生意的兴隆，把吃剩的青口壳堆在店门口，直到变成一座座黑色的小山。

酒吧不再停业，噪声投诉不被接受，地铁彻夜运行，城外的嘉年华提前搭建，过山车在城市上空呼啸到凌晨一点……

上百万人从全欧洲来到里尔。

欧洲最大的二手市场，兼里尔上十万个学生的喝酒借口，就这样舒展开来。

来了里尔两年之后，我才第一次赶上这传说中的旧货节。

从周五下午开始，买地铁票要排队半个小时，酒吧前要靠肩膀撞击才能开出一条路。

大喇叭开始大声歌唱，城市的道路全部封闭，两天之内没有车能进入，公共交通公司的工会在网上反复威胁要掐断这座城市的交通。

这时你就该知道，节日真的来了。

蜷缩在社会或时间褶皱中的人们舒展开来，啤酒杯里摇曳蒸腾的暗香传遍每个角落，泼洒的酒精在手上蒸发带来冰凉的感觉。

大家坐在露天的桌子上兢兢业业地吃着、汤水淋漓地吃着、入迷地吃着。

甚至在凌晨两点的时候，拥有大阳台的年轻人，把自家当作舞台，大声放歌奏乐，引得楼下数百个举着半空啤酒杯的人挤满街口，随着他们的音乐起舞。

这种快乐不是模棱两可的，它张扬得一点也不怕得罪了谁。

此后两天没有秩序，各人只需追逐自己内心的规则。

不过我这个年纪，这种虚假的理想骗不到我。

我只想安安静静地逛旧货摊，淘点有意思的小东西。

然而安静必定是个奢望了，甚至连流畅地行走也有困难。

不过有趣也是真的。想得到的，想不到的东西在这里都能被找到。

有人卖破破烂烂的旧家具，有人卖生锈的汽油桶和铁皮桶，有人卖钉子盒，有人卖旧烛台，还有人卖几分诡异色彩的旧娃娃，甚至还有人卖不知道从哪里拆下的红绿灯。

真是不把大家当外人，掏空了家里的阁楼。

不知为什么，
里尔的旧货节
变成了一场巨型狂欢。

据他们说，不管是什么，只要拿到里尔的旧货节上，不管开出怎样离谱的价格，终究会有人把它们带走的。

而我，只想买一台欧洲产的胶片机。

我已经有了日本和苏联的机器，腰平和眼平也有了，也尝试过了毛玻璃对焦和黄斑对焦，只差裂像对焦了。

所以此行来人群中遭一趟罪的目的，就是企图用不高的价格来填补这个空缺。

而我居然真在从人群中精疲力竭挤出来的最后一刻，买到了一台 20 世纪 60 年代的德国胶片机。

它是如此具有时代气息，以至于镜头上写的制作地不是德国，而是西德。

那是一台 1962 年推出的福伦达 Bessamatic De Luxe。裂像对焦，有测光，全机械，机身到镜头都是金属的，拿在手里沉甸甸的。

最妙的是，它在镜头上面设计了一个小窗，通过折射可以在取景框里直接看到快门速度和光圈。

而这个设计的原因，是这个已经有 60 多岁的相机居然可以固定住曝光挡位，然后让人自由调节快门或光圈，另一个数值会随之变化，保证曝光条件不变。

而它唯一的电路，仅有感光元件，别的全依靠机械零件的配合。

我手里有好几台年代类似的胶片机，勃朗尼卡 s2a、奥林巴斯 35sp、EXA1a，有的甚至生产时间比它还晚些，都没有这样精妙的设计。

走路，爬山，看海

在手里摆弄了两下，我已经心动了。

想在旧货节上买到称心的相机，那就像沙里淘金一样困难。保存完好的动辄几百，要不然不是这里坏了一点，就是那里卡住了。我也不愿花几十欧去买个摆设。

而这台各个部件完好无损，依旧完美运转的Bessamatic 居然开价才 80 欧，还不到 600 块。

嘿，我当场就想付钱了。

不过听和家人一起办了个小摊子的 Momo 说，旧货节的价格比承诺更虚无，预备好了充足的讲价空间，尤其是当你是独身的外国人时。

我信心满满，怀揣着 60 欧，装作若无其事的样子，左挑右拣，假装踌躇半天后，大手一挥，说："最多70，而且我要镜头盖和原厂相机皮包。"

令我没想到的是老板居然答应了下来，转身就去找皮包盖子。

我有点心慌，毕竟掏不出 70 欧。

而且比讲不下价更让人心里不舒服的事，莫过于开出的价格被人一口答应了。

要想在旧货节上取钱，那就要做好至少等小一个小时的准备。

不过好在这些老板的东西又杂又乱，他翻了半天也没找到。我打断他颤颤巍巍的胡乱翻找，说："要不60 欧直接卖给我？我刚好有现金在身上。"

他欣喜地抬头，仿佛感激我解救了他，想也没想，说："谢谢。"

我就这样欢欣鼓舞地、步履轻快地花400块钱拿走了那台相机。

只是那时的我还不知道，一切馈赠都在暗中标好了价码。

心愿完成后，夜里我和朋友约着去城外的嘉年华玩儿。

法国的嘉年华，无外乎坐坐过山车，听听别人的尖叫，玩点明知会被骗的小游戏，再吃些价格虚高的点心。

以前我刚从国内来，看不上这样简单的游戏，现在觉得这已是日常生活中能发生的最重大事件了。

对了，那天晚上，在去嘉年华的路上，夜黑风高，月亮是一团蓝阴阴的火，带着蟹壳的清冷颜色。

我急切地奔向远处的那片灯火，脚下一个不稳，连包带人撞在电线杆子上。

我的宝贝相机由于没有镜头盖和相机包的保护，镜头前的金属保护圈被撞得弯了进去，几乎要压碎镜头玻璃。

坏消息是这个完好无缺的老相机，到我手上五个小时后终结了它60年的坚强岁月，好消息是不会再有坏消息了。

走路，爬山，看海

去枫丹白露捡栗子

第一次去枫丹白露是 9 年前，当时的我像每一个第一次出国的中国游客一样，在两天之内暴风式游览完了法国，也就是巴黎。并在接下来的几天内山呼海啸地去了欧洲三国，其中包括梵蒂冈。

我对枫丹白露宫没什么印象，只知道它是颐和园一样的存在。

这个名字读起来就很浪漫，枫丹是秋色瑟缩，枫叶红彤，白露则是日光奔腾，露水莹莹。

现在既然闲暇时间充足，那再去一次也无妨，而且10 月的枫丹白露真正有了"枫"色。

不过真正吸引着我的，远不止这些。

宫殿并不是很大，像我这种没有文化没有修养，甚至也没什么素质，并且对此也没有改变渴望的人来说，充其量一个小时就可以逛完整个宫殿。

里面的一切让人想起凡尔赛宫，繁华美丽，令人惊叹，但也过于遥远，只是游人相比之下少了很多，甚至有些门可罗雀的萧条。

宫殿被四座公园围绕，有典型的法式园林，也有当时相当洋气的英式园林。

秋季刚到，道路两边一些疲惫的树叶刚刚开始泛黄，另外一些格外疲惫的，已经落在了小径上。

宫殿对我并没有多少吸引力，然而这样广阔的彩色公园，却让人觉得很舒服。

不过这并不是秋季枫丹白露的全部妙处。

枫丹白露原本是皇帝的行宫，是他们度假打猎的地方，因此稍远一些有一片森林。

那片森林里有许多栗子树，秋天正是栗子成熟和蘑菇生长的季节。

蘑菇咱不敢摘，听说瑞士的森林里摘了蘑菇之后，可以找国家注册的专家免费辨识，可法国还没有这么好的政策。

栗子倒是简单，只有两种可能性。

一种是主要生长在城市中有毒的马栗，另一种就是主要长在森林里的板栗。

马栗圆滚滚的，没有板栗的白色小尖头，也不像板

313

栗一样拥有一个稍平的截面。栗苞里只能长一颗果实。

不需要太多的智慧和经验就能分辨清楚。

不过，法语最爱让别人陷入迷茫，马栗叫作 marron，板栗叫作 chtaigne。

然而各种用板栗作为基底的食物却用 marron 作为名称，比如说 creme de marron、pte de marron。

这是因为他们想要用 marron 来形容十分饱满的板栗。

这不是居心叵测专要让人摸不着头脑是什么？

从巴黎往南走，板栗树被广泛栽种在森林当中，巴黎的一些森林里板栗树的比例能达到百分之五十。

到处的板栗都是野生的，它们在森林里缓慢生长，爱怎么结果就怎么结果，爱怎么被虫吃掉就怎么被虫吃掉，爱怎么腐烂就怎么腐烂。

但是中国人怎么能容忍免费的板栗烂在地里呢？不捡不是中国人。

我提上一个水红色的塑料袋，行色匆匆离开枫丹白露宫的雕龙画栋，一头扎进森林里。

怎么找栗子树呢？

最好的办法就是听声音。

10 月的森林里，到处都是细小的噼里啪啦的爆炸声。开了口的成熟栗苞从树上掉下来，板栗砸在地上四处翻滚散开。

栗苞长得像海胆，满身是刺，比想象中还要尖锐扎人。

只要顺着那爆裂的声音找过去，但凡找到一棵远离道路的大树，那轻易捡上十斤栗子不在话下。

只是在频繁的蹲起之后，第二天会双腿发软，如坠云端。

我从不知道新鲜板栗会泛着油光，它不完全是棕色，而是带着些红色，当阳光照上去的时候，在一片黯淡的枯枝烂叶中简直泛着一圈光芒，连细小的茸毛都纤毫毕见。

找板栗和数星星一个道理，初看只感觉一片茫然，找到一颗之后，仔细向周围发散出去，就会越找越多。

有的栗苞没有被摔开，拿脚一踩就能收获至少两颗饱满的果实。

不知不觉两个小时之后，我收获了一书包的板栗，少说有三四公斤。

我很喜欢简单重复的体力劳动，因为在那过程中我什么也不想，连时间的流逝也感受不到，天黑得很快。

光是绕着一棵树反复翻找，就已经占据了我的全部思绪，这比坐在家里说 it is what it is 管用多了，不过天黑后该怎么办呢？

在那个情绪高涨的下午，我迎着阳光坐在湖边的长椅上眯着眼睛休息，夕阳刺眼，只能看到一片波光。

忽然我想，我会不会与拿破仑或路易十三吃过同一

棵树上的栗子，他们会不会也喜欢坐在湖边晒夕阳呢？

这不比逛宫殿实在多啦。

香槟产区的秋天

　　很少见到像兰斯一样毫无生气的城市。市中心有一个非常宏伟，在法国历史上占据不亚于巴黎圣母院意义的哥特圣母院。除此之外就没什么了。

　　然而兰斯周围，也许是法国最富盛名的标志之一，香槟的产区。

　　香槟的卫道者们坚持，只有在兰斯周围的一片区域生产出来的起泡酒才能被称为香槟。虽然也是葡萄酒，然而香槟被给予了更多昂贵和优雅的意义。

　　反正兰斯离巴黎不过四十多分钟，又正好赶上葡萄收获的尾声，那就不如去葡萄园里看看。

　　从参观葡萄园的角度来说，我没有赶上最好的时候。

再早一两个月才是丰收的时节，那时周围各个国家的上万人会涌入法国各地的葡萄园，从事采摘工作。

当然与此同时涌入的还有来体验的游客，与来赚钱的人们不同的是，游客自掏腰包，花上 50 欧来葡萄园里当采摘工人，然后参与制酒流程，参观酒窖和品酒。

十月底，葡萄已经收完。剩余的葡萄超过了土地的产量，并不会被使用，它们会和枯黄的枝叶一起在风中悬挂飘零一阵子，然后兀自腐烂。

这里的酒农胆子不如土地的产量大，每一亩地他们只收固定重量的葡萄，超出的部分分毫不取，游客倒是可以随手摘一串来吃，只是制酒的葡萄并不怎么好吃。

不过从风景的角度上来说，我赶上了绝佳的秋景。

火车开出兰斯市区，到 Avenay-Val-d'Or 的路上，道路两边都是金黄的葡萄园，葡萄树排列成行，整齐地立在坡地上。除了天空，四处都是金黄的，那些金黄中，藏着黑得发亮的葡萄。

当地主要种植三种不同的葡萄，枝叶和生长情况都有些区别，因此那些山坡远眺过去就像被整齐的马赛克覆盖着一样。

我去的是一个小村子，叫作 Mutigny。有 200 人口，拥有整个产区海拔最高的一块地。

市长把政府大厅作为接待中心，一年四季带领游客去了解他们的葡萄园和酒窖。

我在一个相当简陋且难以观看的网站上找到了他们

的信息，这个小镇毗邻火车站，一个小时的葡萄园徒步，外加两杯香槟才 15 欧。

这么朴素的行程谁能拒绝。

当然啦，不花钱也是可以来参观的，葡萄园是私人的，葡萄园边上的路可是公共的，谁想来散步都可以，谁想在丰收过后摘一串不再被需要的葡萄也不会被人阻止。

虽然严谨地说，按照法律，一切私有土地上的产物，哪怕是一片叶子，一只蜗牛也是私有的，但是反正十月份还在冒失生长的葡萄只有一个结局，就是烂掉，因此没人去呵责一个并不贪心的路人。

很有名的白玉蜗牛，也生长在葡萄藤上。抓回家用黄油一焗，别提有多香了。

咱中国人讲究来都来了，既然到了葡萄园，还是要听听酒农的介绍。

这种小村庄一般没有什么人涉足，我和一对老夫妇跟着一个生于斯长于斯的酒农在葡萄园里漫步。

我对于不管是什么酒都没有特殊的爱好或是研究，也看不到整幅图景，只关注一些更小的颗粒。

我印象很深刻的是两件事。

第一件事是酒农说如果葡萄枝上的树叶没有被修剪过，收采工人可以要求涨工资，因为把叶子拨开去剪葡萄增加了一道工序，浪费了他们的时间。

他说在法国，你多做出的每一点努力都是要收费的。这是一个多么让人赞叹的国度。

319

　　第二件事是，他说兰斯地区是法国最北部的一个葡萄产区，然而他们现在受到气候变暖的影响，导致葡萄的甜度升高，酒精度数也随之升高，他们不得不改变酿酒的配比。按照原先的制酒方法，他们没有办法产出 brut，也就是干型的香槟，因为不需要加糖，葡萄中自带的糖分已经超过了限制。

　　如果说对于大多数人，气候变化只是一个虚无的抽象词语的话，在葡萄园里，它变得切实可感了。

　　英国、北欧，同样开始生产优秀的起泡酒，与此同时波尔多对于种植葡萄来说，已经有些温度过高了。

　　我们感叹在市场上层出不穷的新秀，却看不见背后的危机。

　　不过这也并不是什么真正的问题，只要改变酵母配比啦，改变发酵时间啦，这些小小的困难总是能被人类智慧轻松克服的。

　　我们走在乡间小道中，小路崎岖，高低起伏，周围是一望无际的金色土地。忽然迎来一阵急雨，两分钟过后雨水褪去，土地中升起一道正好跨越在村庄教堂之上的彩虹。

　　酒农跟我们说，他们村里的教堂没有按照正常的布局建在村庄中央，而是建在了农田边缘的一个坡地上，这是因为他们觉得上帝不必位于喧闹之中，应该看到最好的风景。

　　虽说这 200 人的所能创造的喧闹，我在此存疑。

　　雨后的空气很清新，让人觉得走路就是一件再愉快不过的事情了。于是在短暂地回到市政府里喝了两杯市长酒庄酿的酒后，我买了一瓶霞多丽、黑皮诺和莫尼耶皮诺共同酿造的酒，重新走上空无一人的小径，回到山坡上散步。

在没有人的地方走路是一件很让人快乐的事情，让我有一种只要目前的梦，不去管将来的梦的感觉，不考虑要走去哪里，往前走的那一步才是需要关注的。

直到天将要彻底阴沉下去，我才用双肩包背着这瓶一百块人民币出头的酒回到巴黎。

去峡湾徒步

Cassis 边上有三座峡湾，分别是 Calanque d'en vau、Calanque port pin 和离城市最近的 Calanque port miou。

峡湾可以这样简单地理解，海边的陆地是一片高原，水流在高原之中切割出了几个通往海洋的缺口，这个位于群山之中的狭窄扇形缺口就是峡湾。

显而易见，峡湾具有一切壮丽风景的要素，高山、峭壁、浅滩、深海。

而且法国南部的海水极其清浅且鲜艳，海水碧蓝，距离沙滩上百米也能看清海底的沙石。

以前我胆子很大，一个人也不多查资料，不管是哪里都敢去。

三年前去马赛的时候，在一个下雨的中午坐了一个多小时公交到了马赛峡湾国家公园的山脚下，到了之后才发现想要开始登山需要先走一个小时公路。

不过我运气不错，碰上一个本地人，他告诉我可以从小路爬上去，半个小时就能上山。小路曲折复杂，他还用木棍在沙地上画了一张地图，告诉我第几个岔路口拐弯，看到什么样的标记就继续往上走之类的。

上山倒是很顺利，就是下山我完全忘了该怎么走，而且傍晚还下起了大雨。我最终在日落之前，好不容易从山的另外一边走了出去，再坐了一个多小时的车才在夜幕中返回了城市。

现在的我经过了很多诸如赶不上火车、大巴取消，或是迷路导致错过一切等的挫折之后，变成了一个谨小慎微的人。

进山里徒步不像在城市中漫游，日落驱赶着我，必须在夜幕降临之前走到峡湾，再走回城市之中。

峡湾国家森林公园的网站上有非常明确的地图和对徒步的指引，甚至会标明每个重要的节点之间的距离、各种交通信息。

对我这种在复杂道路上会晕头转向的人来说，最有效的一个信息是：如果你不知道自己在哪里，往有海的

走路，爬山，看海

323

显而易见，峡湾具有一切壮丽风景的要素，
高山、峭壁、浅滩、深海。

那一侧走，只要在临海最近的道路上，那就是正确的。

　　我觉得我喜欢，也敢于在法国独自旅游的理由之一，就是除了火车准点率之外的一切，都是可以预测的。

　　风景就是网上看到的样子，所有的交通、路线、价格都是明确可见的，也不需要通过别人之口得到修饰改编过的二手信息，官方网站上就有最新的信息，峡湾的开放与关闭也会写在当地警察局的网站上。

　　一切都太过符合预期，以至于有时候我去完一个地方，觉得整个行程居然和我的想象别无二致，中间没有出一丝差错，好像只是在自己的想象中去了一次一样。

　　可以预测的生活原来真的存在于现实之中？

　　Calanque port miou 离城市不过十几分钟，是一个没有海滩的峡湾。两侧的山之间夹着一条蜿蜒狭长的海湾，两岸停满游艇和帆船，两岸的船只留出了窄窄一条通道供船通行，让人想起摩纳哥的海港。

　　船边的海水是明媚的蓝绿色，有小小的游鱼围着船打转。由于这里是为数不多较为深邃的浅海，还有人站在岸边的悬崖上跳水，激起一阵阵水花。

　　再往山中深入，才算是真的开始徒步了。

　　山路不算好走，没有什么护栏与台阶，只有草丛中用大小不一的碎石铺成的一条小路，有的地方陡峭，干脆就是整块的大石头。

　　每到重要的分岔口就有路牌指示，其余路程在沿路的石头和树上有用油漆画的标记，以提醒路人他们的行

325

进方向。

就这样顺着海边走上多半个小时之后，到达了 Calanque port pin，到此为止一切还是很愉快，很轻松。

虽然已是初冬，沙滩上仍有很多带着孩子和小狗的人躺着晒太阳，还有人在海上划独木舟。

他们没有纷纷跳入水中大概是因为海水中漂着紫色的水母，它们随心所欲地漂浮在整个浅滩之上。

到此为止，我几乎对峡湾有些掉以轻心了，这也太轻松了，不过是乱石路有些难走，但身边就是悬崖与大海，几乎冲淡了我并不多的疲惫。

可想要走到最壮丽的 Calanque dèn vau 那就远了，至少要再走一个小时才能看到全景。

要想下到沙滩上有两条路可以走，一条山坡要爬多半个小时，还有一条路，那就是从悬崖上爬下去，只要十分钟，但是要手脚并用。

藏在树林之间的石壁有一百多米高，能落脚的石头都有半人多高。

我为什么会知道这些呢？

因为我时刻怀着被夕阳驱赶的恐惧，想要节省一点时间，等我发现事情不对的时候已经进退两难了。

我的体能与方向感属于普通人中最普通的那一类，我的精力也并不充沛，靠的是吃苦耐劳的忍受，只是苦撑着罢了。

我唯一的优点大概是乐于承认自己的无能，只要遇到人，我就要向他们确认一下，"是走这里吗？""还要走多久？""后面的路难走吗？"。

Calanque d'en vau 的沙滩三面被高山包围，这些山也长得峻峭，几乎完全由石头组成，只在石缝间长了些格外顽强的树。

这里的沙滩非常僻静，没有多少人真正一路坚持到了这里。

山是考验者，不是迎接者。

两侧的山把广阔的大海夹成了窄窄的一条河流，太阳正在西斜，在海面上照出一条摇晃的光路，远处有一艘晚归的游船正驶过。

看不见海水，只能看见阳光在上面的反光。

由于沙滩藏在山的最底端，阳光照不到的地方已经开始散发凉气，时刻提醒着夕阳的驱逐。

我回到山顶端，连续的攀爬让我面脸通红，汗顺着头发往下滴。

然而山顶的一切也是值得的，崇山峻岭，石壁陡峭，几乎直上直下，这山带着冷气。

山后依旧是山，海上的日落照在一座远处的小岛上。

我很喜欢一个人待着，也喜欢一个人沉默地爬山，虽然站在峡湾顶部看到层峦叠嶂的群山通向海洋时，我心中一瞬间闪过分享的欲望，然而转念一想，我生活中的大部分时刻，与并不正确的人分享生活所带来的烦躁与痛苦，远比转瞬而过的孤单来得更让人难以忍受。

327

　　回去的路仍是两小时，我急匆匆地返回城市。当我泡进民宿的泳池里时，天正好黑了。

图书在版编目（CIP）数据

山那边是海 / 时潇含著. -- 北京：中国大百科全书出版社，2024.1

ISBN 978-7-5202-1496-4

Ⅰ.①山… Ⅱ.①时… Ⅲ.①散文集—中国—当代 Ⅳ.①I267

中国国家版本馆CIP数据核字（2024）第013482号

山那边是海

时潇含 著

出 版 人	刘祚臣
总 策 划	姜钦云
出版统筹	张京涛
责任编辑	朱金叶
责任校对	任 君
责任印制	李宝丰
出版发行	中国大百科全书出版社 知识出版社
地 址	北京市西城区阜成门北大街 17 号
邮 编	100037
网 址	http://www.ecph.com.cn
电 话	010-88390725
印 刷	北京天恒嘉业印刷有限公司
开 本	880 毫米 ×1230 毫米 1/32
字 数	200 千字
印 张	10.625
版 次	2024 年 1 月第 1 版
印 次	2024 年 1 月第 1 次印刷
印 数	1—10000 册
书 号	ISBN 978-7-5202-1496-4
定 价	48.00 元